KB065306

인디언들의
사생활

양영아 소설집

인디언들의 사생활

도서출판 바람꽃

차례

기억의 집

고기의 맛은 기억나지 않는다. 그저 붉고 얇은 살덩이가 희멀건 국 위에 둥실 떠 있었다는 것밖에는. 기름이 많지 않은 국물은 아무런 양념이나 건더기 없이 담백해 보이기까지 했다. 고급 음식점에서 먹는 샤부샤부의 조리법 같기도 하다. 채소 따로 고기 따로 국물에서 건져 먹는 샤부샤부를 잘 먹지 않는 그녀였다. 아마도 조리법을 제대로 몰랐으리라. 하긴 그 고기를 어떻게 먹어야 한다는 조리법을 알고 있는 이가 얼마나 될까. 나는 석유곤로 위 솥뚜껑을 열었다 닫았다 하며 피어오르는 수증기를 덮어쓴 채 서 있는 그녀의 모습을 잠시 멀뚱히 바라보았다.

먹어 볼래? 나지막하게 속삭이듯 묻는 그녀의 음성에 주술 걸린 것처럼 나는 주방으로 들어가 곤로 옆에 쪼그리고 앉는다. 고기의 연한 살점을 소금에 찍어 입안에 넣어주는 그녀가 여느 때와 달리 웃음을 띠고 있다. 그 모습이 생소해서 맛은 느끼지도 못한 채 고기를 질겅질겅 씹으며 나는 자꾸만 눈을 깜박거린다. 긴장하거나 어색하면 나오는 오래된 버릇이다. 엄마는? 또다시 고기를 입에 넣어주려는 그녀에게 나는 고개를 저으며 묻는다. 그녀는 아무런 대답을 하지 않으면서 싫다는 내 입에 고기를 밀어 넣어준다. 입안에 노릿한 내가 침과 함께 고이는 듯해서 제대로 씹지도 않고 꿀꺽 고기를 삼키고는 일어나 주방을 나온다.

희령일 깨워라. 방으로 들어가려다 말고 그녀의 말에 뒤를 돌아다본다. 이 늦은 밤 자는 언니를 깨우라니. 나에게처럼 고기를 소금에 찍어 먹게 하려는 것일까. 나는 잠시 문고리를 잡고 서 있다가 거실 한쪽 벽에 켜놓은 붉은 백열전구를 쳐다본다. 거실 바닥과 한쪽 벽면에 붉은빛을 드리우고 있는 작은 전구는 바람에 흔들리는 촛불처럼 위태롭고 괴기스러워 보인다. 어쩌자고 저 등을 그대로 켜놓은 것일까. 이사 온 첫날 새벽, 화장실에 가려다 말고 거실 한쪽 벽면을 타고 흐르는 붉은빛에 흠칫 몸을 떨었다. 붉은빛을 띤 무엇인가가 벽면을 타고 와 내 몸으로 기어오를 것만 같다는 터무니없는 생각이 들기도 했다.

　나는 그날처럼 몸을 흠칫 떨고는 언니 방문 앞으로 가 조용히 문고리를 돌린다. 희령 언니는 내게 등을 보인 채 창가 의자에 앉아 있다. 하얀 블라우스와 롱스커트를 입은 언니는 가슴에 흰 헬멧을 안고 있다. 이사 하던 날 유난히 큰 창문이 있는 이 방으로 들어서서 언니는 자기 짐을 풀기 시작했다. 창 너머 야경은 불 밝힌 교회 십자가들 사이에 불빛이 점점이 박혀 고장 난 크리스마스트리 같기도 하고 불꽃놀이가 끝난 후 같기도 하다. 창으로 쏟아질 듯 들어온 달빛과 불빛으로 불 꺼진 방 안은 언니의 모습을 선명히 담아내고 있다. 달빛에 드러난 언니의 실루엣이 천천히 움직이며 뒤를 돌아본다. 그 모습에 사각사각 치맛자락 스치는 소리가 들릴 것만 같다.

　언니는 아무 말 없이 나를 바라보기만 한다. 두 눈을 약간 찡그리고 잔주름을 모은 채 집중하듯 나를 바라볼 때의 희령 언니는 그녀를 닮았다. 그럴 때면 그녀가 언니를 낳은 것이 아닐까, 생각하기도 했다. 언젠가 그 말을 했을 때 나는 언니에게 뺨을 맞았다. 벌겋게 달아오른 얼굴로 숨까지 몰아쉬면서 언니는 내게 침을 뱉듯 말했다. 그따위 소리 한 번만 더 지껄이면 죽을 줄 알아.

언니가 말을 하지 않게 된 것은 J가 죽고 나서부터다. 언니는 J가 죽고 난 뒤부터 거의 말을 하지 않았다. 원래 말이 많지 않은 언니였지만 J의 오토바이 사고 후 그녀와 나에게 눈을 맞추려고도 하지 않았고 말을 건네지도 않았으며 몇 번이고 묻는 말에야 겨우 고개를 끄덕이는 정도였다. J의 유품이었던 흰 헬멧을 언니는 한동안 가슴에 안고 지냈다. 잠잘 때도 머리맡에 헬멧을 두었고, 가끔 그것에 말을 걸듯 혼자서 중얼거리기도 했다. 그런 모습에 나는 몸서리를 쳤고 언니를 바라보는 그녀의 눈빛은 더욱 어두워만 갔다. 흰옷만을 고집하며 헬멧을 안고 있는 모습은 마치 잘린 머리를 들고 있는 듯 보였다.

어둠 속에서 창 쪽으로 다시 고개를 돌리려는 언니에게 나는 한숨 쉬듯 말했다. 잠깐 나오래. 언니는 내 말을 듣지 못한 사람처럼 우두커니 창밖만 응시하고 있다. 등 돌려 방을 나오려 할 때 어디선가 갓난아기 울음소리가 들려온다. 으응애, 으으으으앵. 온몸에 소름이 끼쳐와 나는 빠르게 문고리를 비틀고 방 안을 나온다. 왔구나. 언니의 중얼거림이 문틈에 끼여 옷소매를 잡아당기는 듯해 방을 나와서도 움직일 수가 없다.

아기 울음 같은 고양이 울음소리는 첫날부터 들려왔다. 잠을 이루지 못하고 뒤척이던 나는 가까운 곳에서 들려오는 갓

난아기 울음소리에 신경을 곤두세우며 그 밤을 보냈다. 다음 날 아침상 앞에서 그녀는 침울하게 말했다. 밤새 고양이가 울어대는 바람에 잠을 설쳤구나. 국을 떠 입으로 가져가던 언니가 순간 멈칫했고 나는 젓가락으로 콩자반을 집으려다 상 위에 떨어뜨렸다. 그 뒤에도 가끔 새벽이면 아기처럼 울어대는 고양이 울음소리를 들어야만 했다.

마루 유리문의 커튼을 젖히고 현관 쪽을 바라본다. 현관문 옆으로 커다란 유리문들이 보이고 그 너머 대문으로까지 이어진 계단들이 보인다. 이 집은 유난히 계단과 유리가 많다. 전에 살던 주택에 비해 지대도 높은 데다 대문 밑으로 계단이 있고 삼 층인 우리 집은 또다시 계단을 밟고 올라와야 했다. 정면에서 바라보면 앞면이 전부 유리로 되어 한낮의 햇빛을 집 전체가 반사하고 있는 것이 보는 이들을 거부하는 것처럼 보였다. 거대한 식물원 같은 느낌이 들었고 온실의 쿰쿰한 썩는 냄새가 열기와 함께 대기 중으로 피어오를 것도 같았다.

나는 이 집이 하늘 위에 떠 있는 듯 불안하고 추워 보였다. 하굣길에 길목으로 들어서 이 집을 올려다보면 투명한 유리에 어김없이 눈을 찔렸고 미로처럼 이어진 계단을 보며 한낮 초여름 날씨인데도 습관처럼 추운 듯 몸을 떨었다. 근처 집들은 이제 공사를 시작해 이삼 층을 올리기 시작할 무렵이었고 군데군데 한옥이 많았던 곳이라 사각뿔처럼 솟은 이 집은 주위에서도 쉽게 눈에 띄었다. 이사를 앞두고 어떤 집이냐고 물었을 때 그녀는 조금 사이를 두고 야경이 좋은 집이라고만 했다. 하늘 위에 떠 있는 야경이 좋은 집. 돌계단을 올라 빨간 철 대문을 밀고 들어서면 주인집 현관이 보였고 오른쪽 화단 위부터 삼 층으로 오르는 계단이 시작되었다. 처음 계약할 때는 파란대문이었는데 빨간색으로 페인트를 했다며 이사하던 날 그녀는 드러내놓고 못마땅한 눈치를 보였다.

이삿짐 트럭에서 내려 대문을 바라보면서부터 나는 가슴이 뛰기 시작했고 그 어떤 말로도 그때의 두려운 기분을 표현할 수가 없다. 가슴 뛰는 흥분 섞인 두려움. 가방 두 개를 양손에 들고 삐질삐질 땀을 흘리며 나는 멍하니 대문을 바라보고 서 있는 언니를 힐끔거렸다. 뜨거운 오후 햇살에 눈을 찔리며 언니는 오랫동안 그렇게 서 있었다. 저녁에는 한강을 바라보며 고기를 굽자꾸나. 야경이 기막힐 걸. 그녀는 언니의 어깨를 툭, 치고 지나가며 말했다.

그날 저녁 현관문을 열어놓은 채 유리문 앞에서 돗자리와 신문지를 깔고 우리는 고기를 구웠다. 현관문 위의 전등이 고장 났는지 켜지지 않자 그녀는 마루에서 전선을 연결해 삼십 촉짜리 백열전구를 끌어내 밖에 내걸고 석유곤로를 내왔다. 곤로의 심지를 이리저리 맞추자 검은 그을음이 머리 위로 피어오르며 백열전구를 감싸고돌았다. 달구어진 프라이팬에 올려진 돼지고기는 지직, 소리를 내며 익기 시작했고 그녀는 노릇하게 구워진 고기를 희령 언니의 앞 접시에 놓았다. 그녀가 옮겨놓은 고기에는 손도 대지 않은 채 언니는 김치로만 밥을 먹고는 빠르게 자리에서 일어나 방으로 들어가 버렸다. 언니 접시의 고기를 집으려던 내게 상추에 고기를 얹던 그녀가 말했다. 그냥 놔둬라.

야경을 보기 위해 현관 옆에다 돗자리를 폈던 것인데 이미 어두워진 하늘과 점점이 박힌 불빛에는 전혀 관심이 없는 사람들처럼 우리는 아무 말도 없이 고기만 구워 입안에 밀어 넣었다. 식사를 마치고 그녀는 이미 식어 버린 언니 몫의 고기를 비닐봉지에 담았다. 새벽 잠자리에서 나는 기름진 고기를 먹었는데도 쉽게 허기가 채워지지 않는 이유가 무엇인지를 알아챘다. 이 집에서의 첫 야경을 잃어버린 것이다. 그 생각의 꼬리를 물 듯 응애, 고양이 울음소리가 이어졌다.

그녀는 이미 안방으로 들어갔는지 보이지 않는다. 평소에도 말없이 혼자 있기를 즐기는 언니가 나오지 않으리라는 것을 그녀도 알았으리라. 거실을 지나 안방 문을 열려다 말고 돌아서 내 방 미닫이를 연다. 그녀와 언니의 방은 도어 달린 나무 문이었지만 내 방문은 창호지를 바른 미닫이다. 손잡이 쪽 창호지가 작게 찢긴 것을 빼고는 비교적 깨끗한 편이라 새로 바르지 않았는데 여닫을 때마다 나는 이상한 기분에 사로잡히곤 한다.

불 끄고 누운 한 밤, 그 작은 틈 사이로 누군가 눈알을 굴리며 내 방 안을 훔쳐볼 것만 같은 생각에 이불을 머리끝까지 뒤집어쓰고 숨을 죽인 채 누워 있곤 했다. 학교 복도 같은 나무 바닥의 거실은 지나치게 넓었다. 직사각형의 거실에는 별다른 가구가 놓여 있지 않아 더욱 휑해 보였다. 아버지가 살아 있을 때 가지고 있던 손때 묻은 가구들을 그녀는 이사 오면서 대부분 버렸다. 집이 좁아서 어쩔 수 없어, 의아하게 쳐다보는 언니와 내게 그녀는 변명하듯 말했다. 가구를 놓을 수 없을 정도로 좁다던 집은 전에 살던 곳보다 오히려 두 배 정도 더 컸다.

누군가 거실 바닥 밟는 소리가 들린다. 지은 지 오래된 이 집은 고요가 꿈틀거리는 늦은 저녁이나 새벽녘이면 거실 나무 바닥이 삐걱거리는 소리가 들려오곤 한다. 이 새벽, 거실을 서성거리는 사람은 누구일까. 그녀는 잠자리에 든 후엔 여간 해서 깨어나지 않았고 희령 언니 또한 방 안에 틀어박혀 책만 읽으며 잘 나오지 않았다. 삐걱거리는 소리가 점점 가까이 들려오는 듯해 이불을 손에 꼭 쥐고 머리끝까지 끌어 올려 덮어쓴다. 이사 온 지 석 달이 넘었는데도 아직 편하게 잠을 자지 못한다.

액자까지 바꿔 달며 방 단장을 했지만 낯설기는 마찬가지다. 삐걱거리던 발소리가 방문 앞에서 뚝 멈춘다. 숨이 멈출 것 같은 공포가 머리끝을 잡아당기는 것 같다. 누…… 누구야 소리 지르려는데 톡, 스위치 올라가는 소리가 들리고 욕실 문이 열렸다 닫힌다. 그렇다. 누군가 화장실에 간 것이다. 내 방 앞에는 바로 욕실이 있었다. 편리하다며 좋아했던 처음과 달리 나는 새벽녘 누군가 욕실에 갈 때마다 삐걱거리는 발소리에 소스라치게 놀라곤 한다. 두 손 모아 가슴에 얹고 방 안의 어둠을 응시한다. 언제쯤 이 어둠과 친숙하게 마주할 수 있을까. 불 꺼진 창가에 서 있기를 좋아하는 언니를 생각하다 눈을 감는다.

그녀는 오늘도 고기를 먹을 모양이다. 학교에서 돌아와 현관문을 들어서면서부터 주방에서 풍겨 나오는 무 넣은 고깃국 냄새가 진동한다. 뿌연 수증기를 피워 올리며 용암의 소용돌이처럼 끓어오르는 기름지고 뜨거운 국을 그녀는 좋아했다. 입안 가득 씹히는 육질의 풍만하고 깊은 맛을 넌 모를 거야, 상 위에 놓인 고기반찬에 손을 잘 대지 않는 내게 무슨 비밀을 말하듯 소곤거리곤 했다. 그럴 때면 나는 아무 대꾸도 하지 않은 채 천천히 수저질만 반복했다.

그녀는 이틀에 한 번씩은 고기반찬을 밥상에 올렸다. 어제 시장을 봐온 그녀의 양손에는 검정 비닐봉지가 잔뜩 들려 있었다. 그녀는 고기가 남아 있는데도 또다시 장을 봐왔다. 미리 준비해두지 않으면 불안한 듯 냉동고를 꽉꽉 채워놓았다. 부엌에 있던 그녀가 돌아보며 말한다. 밥 먹어라. 희령인 속이 안 좋다고 하는구나. 나는 손을 씻고 밥상 앞에 앉아 그녀를 건너다본다. 예전의 보기 좋던 그녀의 몸은 형체를 잃고 어느새 무른 살집이 불어나 둔해지고 잔병치레가 잦다. 어쩌자고 그녀는 저 기름진 것들을 전쟁터 전사처럼 꾸역꾸역 먹어대는 걸까. 아버지가 살아 계실 땐 어쩌다 한 번 상에 오를까 말까 한 것들이다.

아버지가 죽고 난 뒤부터 그녀의 식성은 몰라보게 달라졌

18

다. 통깨를 솔솔 뿌린 고춧잎 무침, 무채, 미나리 무침 등 나물을 즐겨 먹던 그녀는 아버지가 없고부터는 악착같이 기름진 것을 탐했다. 밥을 먹다 말고 나는 걸신들린 듯 고기를 손에 들고 뜯어먹는 그녀를 쳐다본다. 그녀의 입가에 흐르는 기름기에 속이 넘어올 것만 같다. 그녀가 들고 있는 것은 닭이다. 그녀는 푹 고아진 백숙의 닭살을 연신 입으로 가져갔다. 먹을 것을 뺏기지 않으려는 아이처럼 서두르며 부드러운 육질을 소금에 푹푹 찍어 급하게 먹는다. 그 모습을 잠시 바라보다 나는 숟가락을 상 위에 내려놓는다.

왜 입맛이 없니? 그녀는 지나가는 말처럼 무심히 한 번 묻고는 식사를 계속한다. 생전에 아버지는 닭을 좋아했다. 특히 통째로 푹 고아 삶은 닭을 즐겼다. 아니 즐겼다는 말은 틀린 말이다. 아버지는 닭을 좋아했지만 밥상에 고기반찬이 오르는 것은 한 달에 한 번 정도였다. 나는 찬물을 벌컥벌컥 들이켜고는 내 방으로 들어가 문고리를 걸어 잠근다.

잔주름이 자글자글한 처진 눈매의 아버지를 보며 참 낙타 같구나, 라는 생각을 했다. 등에 지방을 저장해두는 큰 혹이 있어 며칠을 굶어도 견딜 수 있는 사막의 낙타. 유난히 긴 속눈썹 또한 그러했다. 모래바람에 씀벅씀벅 큰 눈을 껌벅이며 묵묵히 태양에 데워진 자갈과 모래를 밟을 것만 같았다.

그날 비가 왔다. 토요일 오후, 후드득후드득 떨어지는 빗소리를 들으며 나는 시험공부를 하다 깜박 잠이 들었다. 그녀와 언니는 집에 없었다. 이상하게도 시험 기간에 비가 자주 내렸다. 나는 책상에 엎드려 잠을 자다 창문을 깨뜨릴 듯한 요란한 천둥소리에 움찔, 경기를 하며 벌떡 몸을 일으켰다. 열어놓은 창으로 들어온 비바람이 노란 커튼을 이리저리 흔들어댔다. 어느새 내린 비구름으로 주위가 어두웠고 책상 위에 켜둔 스탠드 불빛만이 둥그렇게 희미한 그림자를 만들며 켜져 있었다. 빗물로 축축하게 젖은 창틀을 휴지로 닦으며 자명종 시계를 들여다보았다.

세 시 오십 분. 네 시가 안 된 시간이었는데도 창밖은 동굴 속처럼 어둠을 깊게 내리고 검은 장막을 드리우고 있었다. 하늘이 번쩍 갈라지며 무너지듯 굉음을 쏟아내고는 이내 고요해졌다. 세우비를 흩뿌리고 있는 번개 지나간 하늘을 쳐다보았다. 가는 빗줄기가 방향을 잃은 듯 창 안으로 들어와 얼굴을 적셨다. 눈 감고 빗물에 얼굴을 맡긴 채 잠시 서 있었다. 빗줄기가 온몸을 적실 듯 거세지기 시작해 창문을 닫고 거실로 나갔다. 아버지는 작업복 위에 우비까지 챙겨 입고 거실 소파에 앉아 있었다. 퇴근해서 돌아온 지 몇 시간 되지 않은 아버지가 작업복을 다시 입고 있는 것이 이상했다.

어디 가세요?

의아하게 묻는 내게 아버지는 아무 말 없이 담배를 피워 물었다. 라이터로 불을 붙이는 아버지 얼굴이 금방이라도 무너질 듯 위태로워 보였다. 우산을 펴든 아버지가 철 대문 바깥으로 사라진 뒤로 쿠릉, 소리와 함께 하늘이 갈라져 내렸다. 나는 무의식적으로 고개 돌려 거실 벽 시계를 쳐다보았다. 재깍재깍 소리를 내며 바삐 움직여야 할 시계추가 멈추어 있었고 시곗바늘은 네 시를 가리키고 있었다. 갑자기 불길한 예감에 사로잡혀 두 팔로 가슴을 감싸 안고 한참을 붙박인 채 서 있었다. 그날 뺑소니 사고가 있었고 아버지는 돌아오지 않았다. 공사현장을 가려 길을 건너다 차에 치인 것이다. 그날부터 희령 언니, 나 그녀만이 남게 되었다.

이 집으로 이사 온 것은 그 뒤 일 년이 지나고였다.

보름 전 옷가지에 둘둘 말아 아래층 화단에 묻어버린 새끼고양이가 떠오른다. 학교에서 돌아와 방에 있는 내 귀에 야옹, 고양이 울음소리가 들렸다. 뒷문 쪽일까. 옥상으로 통하는 뒷문을 열자 아직 솜털이 보송보송한 새끼고양이가 배고픈 듯

야옹, 울며 내 팔에 매달렸다. 어미를 잃어버렸을까. 원래 고양이를 싫어했지만 하얗고 작은 새끼고양이는 애처롭고 가여워 보였다. 냉장고에서 우유를 꺼내 작은 접시에 따라주자 고양이는 쩝쩝 소리를 내며 혓바닥으로 핥아 먹었다. 언니가 알면 고양이를 기르자고 할 것만 같아 어찌해야 할지 몰라 잠시 망설였다. 우선은 새끼고양이가 쉴 공간을 만들어주어야 했다. 그때 한쪽에 걸려 있는 빈 새장이 눈에 들어왔다.

나는 새장을 들고 와 작은 옷가지를 밑에 깔고는 고양이를 들어서 집어넣었다. 앙탈 부리듯 작게 울어대는 새끼고양이를 언니 눈에 띄지 않는 곳에 숨겼다. 내일까지 먹을 수 있을 정도의 우유를 접시에 더 따라준 후 방으로 들어왔다. 그 다음 날, 학교에서 돌아온 나는 우유를 들고 새장 가까이 걸어가다 우유를 바닥에 놓쳐 버렸다. 한쪽 구석에 잘 놓아두었던 새장은 옆으로 튀어나와 있었고 안에서 심한 몸부림을 쳤는지 새끼고양이는 피투성이가 된 채 죽어 있었다. 밖에서 새장 고리를 무심코 잠가 버려 고양이가 죽은 것이다.

잠시 갇혀 있는 것을 그리도 참지 못했을까. 차마 오래 쳐다볼 수도 없었지만 고양이를 묻어야만 했다. 나는 옷가지를 손으로 끌어당겨 고양이를 둘둘 말아 눈에 띄지 않도록 조심하며 대문 밖 화단에 묻었다.

창문 열고 하늘을 올려다본다. 유리문 밖 하늘은 먹구름이 잔뜩 끼어 토막 난 듯 보인다. 회색 기운을 잔뜩 입에 문 것이 금방이라도 빗물을 토해낼 것만 같다. 피를 수혈받듯 급하게 숨을 들이쉰다. 후덥지근한 바람이 내 속으로 들어와 모래처럼 서걱거리며 한쪽 가슴을 따끔거리게 하고는 흔적 없이 빠져나간다. 얼굴을 바람에 맡기듯 눈을 감는데 뒷문 열리는 소리가 들린다. 희령 언니다. 속이 안 좋다며 식사도 하지 않은 언니는 흰 헬멧을 들고 옥상으로 오르고 있다. 언니는 저 멀리 강변이 내다보이는 자신의 방 창문과 기다란 나무 작대기를 받치고 있는 주황색 빨랫줄이 이어져 있는 옥상을 좋아했다.

요즘 들어 언니는 내게 말을 건네기도 했다. 말을 잃어버린 줄 알았는데 여간 다행한 일이 아니다. 그녀가 오기 전까지 낳아준 엄마 얼굴을 기억하지 못하는 내게 언니는 엄마 대신이었다. 그녀가 아버지와 혼인신고를 하고 우리 집에 왔을 때 어렸던 나는 엄마가 생겼다는 사실만으로도 그녀를 잘 따랐지만 언니는 달랐다. 아버지가 사고로 죽고 나서는 이제 그녀가 이 집을 떠날 때가 되었다고 말하기도 했다. 언니의 말을 들으며 나도 언젠가 그녀가 떠날 거라고 생각하게 되었다. 하지만 그녀는 떠나지 않았다. 아버지가 살아 계실 때처럼 특별히 친절하지 않았지만 오히려 그것이 편했고 마치 이모나 고모처럼 느껴졌다. 이 집으로 이사할 때 언니는 순순히 따랐다. 언니는 지쳐 있었고 무엇보다도 J가 죽은 지 반년밖에 되지 않았다.

J가 죽은 지 반년.

바위처럼 꿈쩍하지 않을 것 같던 시간이 어느새 반년이나 흐른 것이다.

J가 우리 집에 처음 오던 날을 기억한다. 오월, 라일락 향기가 코끝을 스치며 바람을 타고 날아들었고 붉게 번진 노을이 하늘을 물들이는 저녁, 땀에 전 군청색 작업복 차림으로 J가 왔다. 아침부터 집 안 곳곳을 쓸고 닦으며 갖은 음식을 장만했던 그녀는 대문을 들어서는 J의 옷차림에 실망하는 눈치였다. 언니는 활짝 웃으며 J의 한쪽 팔을 잡고 있었다. 나는 마루 한쪽에 우두커니 서서 귀에 선명히 꽂히는 유쾌한 웃음소리를 들으며 노을을 등지고 서서 하얗게 미소 짓는 J의 얼굴을 넋놓고 바라보았다.

옅은 기름 냄새와 땀 냄새가 났지만 오히려 그것이 상쾌하게 느껴져 코를 킁킁거리며 냄새의 여운을 찾기도 했다. J는 생동감 있어 보였고 살아 있는 한 그루 나무 같았다. 시간이 없어 작업복을 입은 채 그대로 달려왔다며 수줍은 소년처럼 미소 지었는데 솔직하고 자연스러운 모습에 그녀도 마음을 놓는 듯했다. 그녀가 장만한 음식을 사양하지 않고 열심히 먹는 모습을 힐끔거리며 나는 자꾸만 마음이 간지러웠다. 어느 곳이라고 딱히 말할 수 없지만 그냥 가슴속이 간지럽다는 느낌. 나는 밥을 먹으면서 자꾸만 눈을 깜박거렸다. J는 가라앉아 있던 집안 분위기를 따뜻하고 풍요롭게 바꿔놓았다. 처음으로 그녀와 언니가 모녀처럼 다정해 보였고 아버지의 빈자리가 잠시나마 채워지는 듯했다.

행복했다. 반듯한 이마에 내려온 머리카락을 언니가 자연스럽게 손으로 쓸어 올려줄 때는 가슴 한쪽이 콕, 바늘에 찔린 듯 아프기까지 했다. 저는 엔지니어라 기계가 좋습니다. J의 말에 나는 입속으로 중얼거렸다. 엔지니어…… 엔지니어, 나도…… 나도 그래요. 그날 저녁 언니의 홍조 띤 얼굴에서는 내내 미소가 사라지지 않았다.

J가 아끼고 좋아했던 오토바이 헬멧. 흰색의 그것을 J는 유독 아끼고 좋아했다. 가끔 오토바이를 타고 집에 올 때도 헬멧을 손에서 놓지 않았다. J가 죽던 그 시간, 언니는 순백의 웨

딩드레스를 입어보며 그를 기다리고 있었다. 장례식 날 소리 죽여 우는 언니 옆에서 얼굴로 번지는 눈물을 손수건으로 닦으며 나는 막연한 슬픔에 가슴이 메어왔다. 그 따뜻하고 평화로운 저녁을 이제는 맞을 수 없다는 사실에 눈물이 멈추지 않았다. 흰 헬멧을 안고 사는 언니는 아직도 그를 가슴에 묻지 못하고 있는 것이 분명했다.

철 계단을 밟고 옥상으로 오른다. 지상에서 천상으로, 천상에서 지상으로, 이 집에서는 모든 게 계단을 통해 연결되어 있다. 계단이 없으면 지상으로 내려갈 수도 없고 하늘 가까이 오를 수도 없다. 나는 이 집에 지하실이 없다는 사실에 괜스레 안도하며 언니, 소리 내 부른다.

난간이 없는 옥상은 위험해 보였다. 빨래를 널거나 걷어올 때 멈춰 서서 아래를 내려다보면 아찔한 현기증에 뒷걸음질쳐야 했다. 요즘 들어 언니는 부쩍 옥상에 자주 올라갔고 바람을 쐰다며 한동안 서 있기도 했다. 집으로 돌아오는 길에 두 팔 벌리고 하늘을 향한 채 바람을 맞고 서 있는 언니 모습을 볼 때면 나는 가슴이 쿵, 내려앉아 급하게 옥상으로 뛰어 올라가곤 했다. 숨을 헐떡거리며 옆에 서는 내게 언니는 돌아보며 쉿, 하듯 손가락을 입에 가져다 댔다. 무슨 소리가 들리기라도 하는 듯 귀를 기울이고 서 있는 언니 곁에 나도 그렇게 서 있다 옥상을 내려오곤 했다.

하늘에서 빗물이 떨어지기 시작한다. 나는 얼른 줄에 널린 빨래를 걷어 왼쪽 팔에 걸며 눈으로 언니를 찾는다. 언니는 보이지 않는다. 부슬부슬 빗줄기가 내리기 시작한 하늘은 어둠을 재촉하고 있다. 어디로 간 거지. 빨래를 놔두고 다시 올라올 생각으로 계단을 내려가려다 나는 옥상 한쪽 구석의 창고를 돌아다본다. 옥상 한쪽에 만들어진 창고 안에는 지난번 살던 사람들 것인지, 주인집 것인지 모를 버려진 가구와 못쓰게 된 가전제품 등이 있었다. 이사하던 날, 주인집 여자는 인심 쓰듯 마음대로 창고를 사용해도 좋다는 말을 했다. 그녀는 고개를 끄덕이며 가볍게 아, 네 했을 뿐이다.

옥상에 오를 때마다 나는 확 트인 시야를 방해하는 흉물스러운 폐가처럼 한쪽에 만들어진 창고를 짧게 일별하곤 했다. 이 집에는 우리에게 소용없는 것들이 너무 많았다. 가족 수에 비해 지나치게 큰 거실과 방, 깨져 버릴 듯 불안한 유리들, 미로처럼 이어진 계단들. 게다가 옥상의 먼지 쌓인 창고까지. 빗물로 얼룩진 어둠 깔린 바닥을 바라보며 조심스럽게 창고로 발걸음을 옮긴다. 빗소리 때문인지 약간 열려 있는 문틈 사이로 아무 소리도 들려오지 않는다. 임시 건물같이 허술하게 만들어진 창고 문을 손으로 밀어 본다. 아무것도 보이지 않는다. 한 발짝 창고 안으로 들어가 언니를 부른다. 어둠에 섞인 먼지 냄새가 훅, 코끝에 밀려온다. 어디선가 꼼지락거리는 소리가 들리더니 언니가 작은 손전등을 내 쪽으로 비추자 야옹야옹, 고양이 울음소리가 들린다. 너무 놀라 붙박인 채 그 자리에 서 있는 내 쪽으로 언니가 다가서며 말한다.

희주야, 이리 가까이 와봐. 언니의 목소리는 다정하고 약간 떨리기까지 한다. 나는 손에 들고 있던 빨래를 가슴에 끌어안으며 언니 곁에 다가가 주저앉는다. 내가 곁에 앉자 언니는 손전등을 구석으로 비춘다. 불빛에 야옹, 소리가 살아나듯 더욱 크게 들려온다. 그리고 뒤이어 야광처럼 번득이는 고양이 눈들. 나는 너무 놀라 뒤로 엉덩방아를 찧는다. 세상에 어디서 이렇게 많은 고양이를 모아놓은 걸까. 스무 마리쯤 될까. 한쪽 구석에 몸을 누인 채 자는 고양이가 언뜻 보기에도 가장 크다는 것을 알 수 있었고 흰 고양이, 검은 고양이, 잿빛 고양이 등 모두 제각기 빛깔이 달랐다.

이것 좀 봐. 언니가 비춘 곳에는 낳은 지 얼마 안 되어 보이는 새끼고양이들이 꿈틀거리고 있었다. 대여섯 마리 될까. 그 옆에 버티고 앉아 경계의 눈빛을 보내고 있는 것이 어미 고양이인 듯하다. 어둠 속에서 나는 고양이들의 수많은 눈빛에 둘러싸여 꼼짝할 수가 없다. 길을 잘못 들어선 사람처럼 황급히 언니의 손을 잡아끈다. 내가 이끄는 대로 창고를 나선 언니의 손에는 헬멧 말고도 책 하나가 들려 있다.

고양이들이 이렇게 많이 살고 있었다니. 옥상을 내려와서도 떨리는 가슴을 진정할 수 없다. 그리고 그 책은 또 무어란 말인가. 언니 방 책상 위에 있던 빨간색 양장본의 책들. 요즘 언니가 열심히 읽고 있던 그 책들은 창고에서 가져온 것이란 말인가. 책장 속에도 책은 얼마든지 있었다. 언니는 손에 들고 온 책의 먼지를 털고 쥐 오줌이 묻어 있는 부분을 휴지로 꼼꼼하게 닦는다. 방까지 뒤쫓아 들어간 나는 언니에게 묻는다. 언제부터야? 고양이들 말이야. 그리고 또 그 책은 뭐야?

큰 속임수를 당한 사람처럼 나는 왠지 억울하고 무섭다.

페르시안 고양이들은 개처럼 순하고 사람을 잘 따른대. 언니는 내 질문에는 답하지 않은 채 양장본을 들고 창가로 가 선다. 사람들이 왜 꾸준히 고전을 읽는 줄 알아? 답을 기대하지 않은 듯 말을 잇는다. 제목들이 직설적이고 솔직하게 쓰였기 때문이야. 죄와 벌, 여자의 일생, 부활, 분노의 포도…… 그렇지? 나는 오래되고 낡은 게 좋아. 그리고…… 그것들은 아주 오래…… 오래 살잖아…… 아주 오래 말이야.

무슨 말인가를 해야 하는데 아무 말도 할 수가 없다. 그저 침대 위에 놓인 흰 헬멧을 한 번 쳐다보고는 언니 방을 나온다.

그녀는 뜨개질을 하고 있다. 거실 구석에 빨래가 가지런히 개어 있고 작은 대바구니에 담긴 털실 뭉치를 끌어당기며 대바늘을 부지런히 움직이고 있다. 요망스럽다며 그녀는 고양이를 싫어했다. 무서운 비밀을 알게 된 사람처럼 안절부절못하고 거실을 서성이며 그녀를 바라본다. 며칠 전 그녀는 아버지가 즐겨 입던 털스웨터를 꺼내 실을 풀어 감았다. 그리고는 한여름 더운 날씨 속에서 선풍기도 틀지 않은 채 뜨개질을 했다. 그녀는 정성껏 뜨개질한 스웨터를 장롱 깊이 넣고 겨울을 보낸 후 여름이 되면 그 옷을 다시 풀어 새로운 옷을 디자인할 것이다.

지난여름보다 그녀는 더욱 살이 쪄 보인다. 입지도 못할 아버지 스웨터를 열심히 뜨개질하는 그녀를 말릴 수 없다는 것을 나는 잘 알고 있다. 그건 말린다고 되는 일이 아니다. 누구나 그런 식으로 억지를 부리고 싶을 때가 있다. 그럼으로써 그녀는 자신을 설득하고 있는 것인지도 모른다. 죽은 아버지 스웨터를 뜨개질하는 그녀나 흰 헬멧을 안고 사는 언니 모두 지금 억지를 부리고 있는 것이다.

이미 떠나버린 것들을 인정하지 않고 떼를 쓰는 것. 그녀는 어쩌자고 이 집으로 이사를 해서 떠나버린 것들의 존재를 더욱 키워버린 걸까. 그냥 살던 곳에 있었으면 자연스레 치유될 상처들이 이 집으로 온 후에는 더욱 커져 곪아 터져 버릴 것만 같다.

나를 노려보던 고양이가 얼마 전 죽은 새끼의 어미일까. 그 생각을 하자 온몸에 소름이 쫙 끼쳐온다. 그녀에게 말해야 한다. 고양이가 더 이상 이 집에 둥지를 틀게 해서는 안 된다. 거실에서 뜨개질하던 그녀가 보이지 않는다. 나는 안방과 부엌, 욕실의 문을 열고 그녀를 부른다.

부엌의 곤로 위에 올려놓은 커다란 솥에서는 뜨거운 물이 끓고 있다. 이 늦은 밤에 또 고기를 삶을 모양이다. 뒷문이 살짝 열려 있는 것이 눈에 들어온다. 나는 슬리퍼를 꿰어 신고 옥상으로 오른다. 계단을 다 오를 때쯤 그녀의 목소리가 들려온다. 나비야, 이리와 봐. 맛있는 고기 줄게. 어서 와봐. 평소 고양이를 질색하던 그녀가 작은 자루를 들고 고양이를 유인하고 있다. 나비야…… 이리와 봐. 나비야. 나는 차마 그녀를 부르지 못하고 내려오고 만다.

부엌에서 도마질 소리가 경쾌하게 들린다. 파를 다듬어 썰고 소금을 넣고 바쁘게 움직이고 있는 그녀의 손놀림이 눈에 그려진다. 책상 앞에 앉아 나는 그녀의 손놀림을 상상하며 건성으로 책장을 넘기고 있다. 얼마나 잔 걸까. 책상에 엎드려 잠이 들었던 나는 화장실에 가려고 문을 열고 나온다. 아직도 부엌에선 불빛이 새어 나오고 있다. 거실을 지나 부엌으로 들어선다. 곤로 위의 솥에서는 뚜껑을 약간 열어놓은 사이로 뿌연 수증기가 피어오르고 있다. 그리고 언제 나왔는지 언니가 그녀와 얼굴을 맞대고 작은 쟁반을 사이에 놓은 채 바닥에 앉아 있다. 작은 쟁반 위의 얇게 썬 고기를 언니 쪽으로 옮겨놓는 그녀의 얼굴이 붉게 상기되어 있고 손으로 그것을 집어 먹는 언니 모습이 들떠 보인다.

잔치가 끝난 후의 부엌 같은 느낌에 나는 손으로 눈을 몇 번 문지른다. 기름기로 번들거리는 입가, 흔들리면서도 묘한 광채가 나는 눈동자, 언니의 모습은 잊었던 옛날이야기처럼 낯설고 슬프다.

먹어 볼래?

속삭이듯 묻는 그녀의 말에 나는 주술 걸린 것처럼 부엌으로 들어가 쪼그려 앉는다. 그녀의 흰 손이 고기를 집어 입속에 넣어준다. 나는 질겅질겅 고기를 씹어 먹는다. 그러나 고기의 맛은 기억나지 않는다.

그녀, 희령 언니와 나는 그 집에서 일 년을 살았다.

십 년이 훨씬 지난 지금도 가끔 유리와 계단이 많고 고양이 울음소리가 끊이지 않던 하늘 위에 떠 있는 듯한 그 집이 떠오르곤 한다. 이제 그녀는 걸신들린 듯 고기를 뜯어 먹지도 않으며 언니는 흰 헬멧을 안고 살지도 않는다. 영원히 지상에 발 딛지 못할 것 같던 지상에 존재하지 않을 것 같은 집. 우리는 그 집을 기억의 집이라 부른다. 어쩌면 지금도 우리는 기억의 집에서 살고 있는지도 모른다.

존재의 첫 번째 거짓말

Y는 자살할 것이다.

　일주일 전 나는 오랜 친구인 Y의 편지를 받았다. 나는 곧 자살할 거야, 편지는 그렇게 시작됐다. 왜 자살을 하려고 하는지도 비교적 상세하게 적혀 있었다. 그 편지를 처음 읽었을 때 나는 놀라지도 않고 그 애의 책상 위에 쓰여 있던 문구를 떠올렸다.

　'나는 죽음이 두렵지 않다. 죽음을 두려워하는 건 죽음에 지나친 명예를 주는 것이다.'

　어릴 때부터 알고 지낸 가까운 사이로 속마음을 흉금 없이 털어놓고 지냈던 친구이건만 성급하게 그 애를 찾아가지도 전화를 하지도 않았다. 그런 행동은 그야말로 성급한 일일뿐이었다. 나는 Y를 잘 알고 있었다. 우리는 초등학교와 중, 고등학교, 대학도 함께 다녔으며 언제나 붙어 있었다. 단지 동창으로서가 아니라 나는 Y와 어떤 정신적 합일의 충만감을 맛보고 있었다. 우리는 서로에게서 자신의 운명을 감지해냈고 조심스럽게 캐내려 했다. 하지만 언제나 어느 정도의 거리를 유지하고 있다. 마음속을 속속들이 열어 보이면서도 유지되는 그 애와 나의 거리에 대해서 나는 가끔 생각하곤 한다. 어떻게 그것이 가능한가에 대해서…….

그리고 내린 결론은 간단하다. 그 애와 나는 서로를 위로하지 않는다. 불쌍히 생각지 않는다. 누군가를 불쌍히 여긴다는 것이 얼마나 자기 위안적이고 우월감에 찬 것이라는 것을 잘 알고 있기 때문이다. 그냥 가만히 그의 말을 들어주기만 하면 되는 것이다. 적어도 자신이 불쌍히 여겨지기를 의도하지 아니한 사람은 그걸로 충분히 만족하게 된다.

Y는 A4용지 석 장에 빽빽하게 자신의 자살 계획을 적어 보냈다. 나는 지금 여기에 그 애가 밤새 썼을 그 편지를 그대로 옮겨 적을 생각은 추호도 없다. 검정 펜으로 빈틈없이 메워나간 보고서와도 같은 그 글 마지막 줄에는 이렇게 쓰여 있었다.

"죽음은 승복하는 자는 업고 가고 그렇지 않은 자는 질질 끌고 간다."

 J야, 나는 지금 바람 부는 황량한 벌판에 서 있는 느낌이야.
눈을 감고 느껴봐. 이 바람을 말이야.

 나는 눈을 감았다. 빈 들판의 바람을 맞아보려고. 몇 초 후
눈을 뜨고 편지지에 낯선 시선을 떨어뜨리며 나는 입속으로
중얼거렸다. Y를 언제 봤더라.

 지난여름 Y는 십자수에 빠져 있었다. 오색실로 수를 놓아
침구, 쿠션, 옷 등을 만들어 집 안 여기저기에 장식해놓은 Y는
네 잎 클로버를 수놓아 만든 열쇠고리를 내게 내밀며 말했다.
행운을 가져다줄 거야. 좋은 일이 생길 거라는 열쇠고리는 가
지고 다니기에는 지나치게 컸다. 나는 네 잎 클로버를 책상 서
랍에 넣고는 이내 잊고 지냈다.

 석 달이 지났을 때 그 애의 관심은 재즈로 옮겨가 있었다. 연
주자의 해석과 개입이 가능한 재즈의 자유스러움에 반했다고
만날 때마다 자신의 귀에 꽂힌 이어폰을 내게 건네며 재즈 음
악을 들려주곤 했다. 재즈에 관한 책들과 시디를 수집했고 아
침에 눈을 떠 잠자리에 들 때까지 음악을 귀에서 떼지 않았다.
어느 날 재즈의 맥을 짚었다며 Y는 내게 고백하듯 말했다. 그
러고 나서야 재즈에서 자유로워질 수 있었다. 그 애의 열정은

광적이었고 언제나 밑바닥을 봐야 끝이 났다. 어떤 음식을 좋아했을 때는 일주일이든 열흘이든 물리도록 먹어야 했고 코발트빛 바바리를 샀을 때는 한 계절 내내 그 옷만 걸치고 다녔다.

Y는 한번 관심 가진 것이면 깊이 파고들었고 소유하려 했다. 그렇지 않으면 자신이 그것에 훼손된다고 믿었다. 그것이 물건이건 예술이건 무엇이건 간에 말이다. 약병 속의 스트렙토마이신의 빛깔이 매혹적이라고 그걸 구해 핸드백에 넣어 가지고 다닐 정도였다. 괴벽이라며 사람들은 고개를 저었지만 나는 Y의 그런 면을 사랑했다. 내게 단 하나 유일하게 가까운 타인은 Y뿐이었다.

Y는 자살할 것이다. 자살을 연구하고 파고들 것이며 마침내는 실행에 옮길 것이다. 만약 실패한다면 다시 시도할 것이다. 나는 그걸 잘 알고 있다. 우습지만 자신의 생을 걸고 그 애는 반드시 성공할 것이다. 그 애의 관심이 하필 자살에 닿은 것이 못내 안타깝지만 전혀 예상치 못한 것은 아니었다. 언제부턴가 Y는 자살을 말해왔다. 어머니 이야기를 할 때면 자살을 말하곤 했다. 나는 그 애의 말이 치기 어리다고 생각지 않았다. 그건 편지를 읽으면서도 마찬가지였다. 다만 자살해야겠다고 마음먹게 된 계기가 마음에 걸렸다.

목에 점이 있는 사람은 자살한다고 하더군요.

세 번쯤 만난 남자가 Y에게 한 말이었다. 집에 돌아와 목의 점을 거울에 비춰보며 Y는 자살해야겠다고 결심했다. 단지 그 이유뿐이었다. J야, 그날이 언제가 될지는 모르겠지만 너에게 계속 편지를 보낼 거야. 답장은 필요 없어. 너는 읽어주기만 하면 돼. 나는 Y의 친구이므로 그 애의 편지를 읽을 것이다. 그리고 사실 나는 편지를 매일 기다리고 있으며 그 글들은 내 유년의 기억들을 일깨워주었다.

그때는 전기가 자주 나갔다. 여름 지나 계절이 바뀌면서 비가 내렸고 변두리 신생 빌라 단지였던 우리 집은 가끔 불이 나갔다. 안방에서 들려오던 재봉틀 소리가 멎었다. 텔레비전 소리, 냉장고의 모터 돌아가는 위잉 소리도 멎고 모든 소음을 삼킨 빗소리가 선명히 들려왔다. 나는 반쯤 열린 방문 너머 어둑한 거실을 바라보며 방바닥에 팔베개하고 누웠다. 바닥에 먼지처럼 깔린 어둠이 한기가 되어 몸으로 스며들었다. 창으로 내비친 하늘은 노란 셀로판지를 붙여놓은 것처럼 어색하게 환했다.

어둠아, 내려라. 나는 내 몸이 해초 위에 둥실 떠 있는 듯한 착각에 빠져 거의 반 시간 동안을 어둠 속에 누워 있었다.

언제부턴가 들들들, 엄마의 재봉틀 소리가 다시 들려오고 있었다. 잠자는 시간과 먹는 시간을 제외하곤 엄마는 언제나 재봉틀을 돌렸다. 들들들, 덜덜덜, 딜딜딜, 드르륵, 바늘 지나가는 소리는 매번 다르게 들렸다. 흔들리는 촛불 앞에서 바늘을 노려보며 엄마는 재봉질을 했다. 그렇다고 해서 무엇을 만들어내는 것 같지는 않았다. 언젠가 나는 안방에 놓인 대나무로 성글게 짠 커다란 바구니를 열어 본 적이 있었는데 거기에는 완성된 것이라고는 하나도 없었다. 주름 잡아 허리를 반쯤 박은 치마, 한쪽 팔이 떨어져 나간 블라우스, 지퍼를 달지 않은 쿠션 커버, 그리고 지그재그로 모양내듯 박은 천 조각들이 들어 있었다. 그것들은 하나같이 빨강, 노랑, 파랑 등 원색이었다.

안방 문이 열렸다. 흰옷을 입은 엄마는 거실 테이블 위에 초를 접시에 세워 밝히고는 소파에 길게 드러누웠다. 촛불은 조용히 타들어가고 엄마는 정적 속에서 미동도 하지 않은 채 고요히 누워 움직이지 않았다. 벽에 드리워진 검은 그림자가 낮고 위험하게 바람과 뒤섞이고 나는 그 흔들림 속에서 유영하듯 어둠을 응시하고 있었다. 빗소리가 더욱 거세졌다. 소파에서 일어난 엄마는 비틀대며 걸어가 냉장고 문을 열고 무언가를 꺼내서는 의자에 걸터앉았다. 엄마의 손에는 노란 참외와 빨간색 손잡이의 과도가 들려 있었다. 접시도 없이 테이블 위에 껍질을 떨구며 엄마는 참외를 천천히 그리고 느리게 깎았다. 하얗게 드러난 속살을 양손에 쥐고 엄마는 질긴 육질의 고기를 뜯어 먹듯 소리 내어 참외를 베어 먹었다. 유난히 참외를 좋아하는 엄마 탓에 제철이 아닌데도 냉장고에는 참외가 떨어지지 않았다.

어둠 속에 웅크리듯 앉아 참외를 먹는 엄마를 응시하던 내 눈과 노려보듯 촛불을 바라보던 엄마의 시선이 잠깐 부딪혔다. 그 순간 숨이 탁 멎듯 온몸에 소름이 끼쳤다. 엄마, 소리 내 불러야 할 것 같았지만 입이 떨어지지 않았다. 나는 깊은 늪 속에 몸을 맡기듯 눈을 감았다. 작은방에서 아버지의 헛기침 소리가 들렸다. 불도 켜지 않은 채 아버지는 나처럼 어둠 속에 누워 있곤 했다. 어둠이 내린 지 한참인데도 하늘은 아직 지나치게 환했다.

가스 불 켜는 소리가 들렸다. 엄마는 프라이팬에 기름을 둘렀다. 지직, 소리와 함께 갈치 튀기는 냄새가 났다. 식탁 위에 촛불도 켜지 않고 엄마는 갈치를 튀기고 있었다. 어둠 속에서 생선을 뒤집으며 서 있는 엄마의 뒷모습 옆으로 프라이팬을 달구고 있는 파랗고 노란 가스 불이 보였다. 초를 옮겨라. 엄마의 마른 음성이 들렸다. 나는 일어나 테이블 위의 초를 식탁 위로 가져다 놓았다. 촛불의 그림자로 드러난 엄마의 얼굴 윤곽이 기괴하게 일그러져 보였다.

너 꼭 유령 같구나.

엄마의 목소리가 들떠 있는 듯 들렸다. 하지만 그보다 더 낯설게 느껴진 건 유령이라는 단어였다. 귀신도 아니고 유령이라니. 나는 등 돌려 작은방 문을 열고 누워 있는 아버지를 바라봤다. 알았다. 말을 꺼내지도 않았는데 아버지는 알았다고 말했다.

촛불은 지나치게 어두웠다. 식탁 위 음식을 희미하게 비추고 있었지만 누구도 일어나 다른 초를 찾아 켜려고 하지 않았다. 그날 밤의 정전은 유난히 길었다. 아니 어쩌면 다른 집은 다 불이 들어왔는데 우리 집만 어둠에 묻힌 것인지도 몰랐다. 나는 숟가락으로 국을 떠 입안에 넣으며 갈치가 담긴 접시를 눈으로 찾았다. 은빛이 사그라지지 않은 토막 난 갈치가 식탁 위로 팔딱 튀어 오를 것만 같았다. 엄마는 반찬 없이 국그릇에 밥을 말아 입안이 미어지게 떠 넣었다. 나는 엄마가 날생선을 식탁에 그냥 올린 것인지도 모른다는 생각을 했다. 우리는 한

마디 말없이 수저질만 했다. 세 사람의 손짓에 따라 촛불은 이리저리 흔들리며 균형을 잃었다. 그때마다 엄마 얼굴이 크게 일그러지듯 보였고 아버지의 헛기침이 그림자를 더욱 일렁이게 했다.

Y는 이 주 만에 다시 편지를 보내왔다.

삶에 리허설이 없다는 게 얼마나 다행한 일이니. 만약 연습이 있다면 사는 게 얼마나 지루하겠는가 생각하다 보면 끔찍해진다니까. J야, 나는 새로운 연애를 시작했어. 그렇다고 내 계획에 차질이 생긴 건 아니야. 죽기 전에 진실한 꼭 그런 연애를 한번 해보고 싶어서야. 나는 죽는 날까지 매 순간 절실해지고 싶어. 마지막 한순간까지 전부 소진하고 싶어.

연애를 한다, 연애라.

편지를 읽다 말고 나는 조그맣게 중얼거렸다. Y다운 생각이었다. 그 애는 무언가에 골똘히 몰두하면서도 애인을 만들진 못했다. 처음에 나는 그 점이 의아했다. 한 가지에 빠지면 깊이 파고드는 성격의 Y에게 애인은 별개의 문제였다. 재즈에 발레에 그림에 빠져 혼을 빼놓을 것 같으면서도 남자에게는 그러지 못했다. 남자를 만나면서도 제대로 된 연애를 하는 것 같지는 않았다. Y는 사랑에 있어서 어떤 원칙이 있는 듯했다. 말하지는 않았지만 까다로운 자신만의 잣대를 가지고 있었다. 사랑은 신의 영역이야. 인간이 관여할 수 없는. J 너는 비난하겠지. 네 멋대로라고. 하지만 나는 Y를 비난할 수 없었다. 그건 상황에 따라 수시로 몸 빛깔이 바뀌어버리는 카멜레온 같은 거였다.

얼마 전 나는 만나던 남자와 헤어졌다. 저녁밥을 먹고 난 후에 바로.

그동안 우리에게는 별문제가 없었고 다른 연인들이 그런 것처럼 조금씩 관계가 진전되어가던 차였다. 우리 진지하게 만나자. 식사 전에 그는 웃지도 않고 말했다. 그 말뜻을 이내 나는 알아차렸고 웃으며 고개를 끄덕여줬다. 우리는 낙지볶음에 공깃밥을 곁들여 저녁을 먹었다. 백세주 한 병을 시켜놓고 잔을 부딪치기도 했다. 매운 양념의 낙지볶음은 그날따라 유난히 매콤했고 백세주는 입안에 착 달라붙었다. 나는 얼굴이 발그레하게 달아올랐고 기분이 좋았다. 그도 눈가에 흡족한 웃음을 머금고 밥그릇을 비워나갔다. 술은 바닥을 드러냈고 우리는 식사를 끝냈다. 적당한 포만감이 나른하게 온몸으로 퍼져나갔다.

물을 마시며 나는 그가 휴대폰 메시지를 확인하는 것을 지켜보았다. 그러다 그냥 무심코 그의 밥공기를 내려다봤다. 그의 밥그릇 안쪽으로 밥알들이 주르륵 줄 서듯 붙어 있었다. 지저분하고 무신경하게 밥을 먹은 것이다. 조금 전까지 온몸을 감싸던 나른한 행복감이 일시에 싹 가시며 나는 매우 불쾌해졌다. 그리고 식당을 나와 우리는 헤어졌다. 차를 마시러 가자는 그에게 나는 다시 만나고 싶지 않다고 말했다. 기막혀하는 그를 놔두고 나는 집으로 돌아왔다.

나 자신에게 어이가 없기는 나도 마찬가지였다. 아무 일도 아닌 걸 가지고 마치 헤어지기로 작정한 한 사람처럼 굴었던 나 스스로를 이해하지 못했다. 하지만 어쩔 수 없는 일이었다. 저런 사람과는 다시 만나고 싶지 않다는 생각에서 헤어날 수 없었다. 몇 달 동안 수없이 그와 밥을 먹으면서도 눈에 들어오지 않던 사소한 것이 그날 내 눈에 보인 것이다.

그런 경우는 그때만이 아니었다. 다른 사람과의 만남에서도 그랬다. 몇 달간 만나던 기분 좋은 사람이 한순간 아주 싫은 타인으로 보일 때가 있다. 여섯 달인가를 만나던 남자와는 그의 가지런하지 못한 치아 때문에 헤어졌다. 마주 웃으며 자주 봐오던 그의 덧니가 어느 순간 흉측한 무기처럼 보였다. 그리고 그날 이후로 그와 만나지 않았다.

Y에게 나는 이러이러한 남자가 좋다는 말을 하지 않는다. 하지 않는 것이 아니라 하지 못했다. 키가 큰 것이 좋다거나 쌍꺼풀 없는 것이 좋다거나 하는 구체적인 이유를 말하지 못한다. 내 생각은 수시로 바뀌고 남자에 대해서 어떤 명확한 기준이 없으면서도 어느 순간에는 기준이 선명해진다. 그런 내게 Y는 웃으며 말하곤 했다. 그것 봐. 인간의 영역이 아니라니까.

아버지 애인은 미순이라는 이름을 가지고 있다. 그녀의 얼굴은 모른다. 몇 년 전 나는 아버지 책상 옆에 놓여 있는 대학 노트 한 권을 무심코 들춰봤다. 중학교 한문 선생인 아버지 책장 한가운데에는 중국의 고전 등이 꽂혀 있었지만 그것들을 읽는 모습은 본 적이 없다. 다른 칸에는 소설책들이 그것도 연애 소설이 빽빽이 꽂혀 있다.

말이 별로 없는 아버지는 집에 있을 때 소설을 읽었다. 엄마와 나는 그 시간을 방해하지 않았다. 작은방에 왜 들어갔는지는 모르겠지만 나는 책상 의자에 앉아 노트를 펴들었다. 표지의 빛깔 때문이었다. 검은색 일색인 노트 사이에서 막 따낸 붉은 홍옥처럼 수줍은 표지 색깔. 그 노트에는 아버지의 필체가 담겨 있었다. 아버지는 누군가에게 편지를 쓰고 있었다.

사랑하는 미순이에게. 그렇게 시작된 편지는 열 장을 넘기고 있었다. 중간중간 줄을 띄운 것으로 보아 시간의 경과가 있었다는 것을 알 수 있었다. 아버지는 소설을 쓰고 있었구나. 아버지는 언제나 소설책을 읽고 있었기 때문에 식사 때 말고는 가족 모두가 얼굴을 마주하고 있을 시간이 없었다. 나는 소설을 싫어했지만 아버지에게 불만은 없었다. 내키지 않는데도 저녁 식사 후 함께 과일을 먹으며 텔레비전 뉴스를 봐야 하는 강요된 시간을 생략할 수 있었기 때문이었다.

소설은 별 재미가 없었다. 특별한 이야기도 없었고 다만 옛 시간을 추억하는 내용이었다. 석 장인가를 읽다가 노트를 덮어 버렸다. 작은방 문을 닫고 거실로 나왔다. 엄마가 냉장고에서 물을 꺼내 마시고 있었다. 나는 지나가는 말투로 엄마에게 말했다. 미순이, 이름 촌스럽지? 그 순간 엄마는 사레가 걸린 듯 입안의 물을 푸우, 뿜어냈다. 그리고는 이를 갈 듯 소리쳐 물었다.

네가 그년을 어찌 알어? 미순이 고년을 네가 어찌 아느냐고, 엉?

노트는 엄마에 의해 갈기갈기 찢겼다. 한 장 한 장 찢어 나가다가 엄마는 그래도 분이 안 풀리는지 커터 칼을 가지고 와

서는 형태를 알아볼 수 없을 정도로 쫙쫙 그어댔다. 퇴근해 집
에 돌아온 아버지는 책상 위에 난도질되어 있는 노트를 보고
도 아무 말을 하지 않았다. 저녁 식사 후 소설책을 손에 잡은
것도 평상시와 다르지 않았다. 나는 그 뒤로 엄마 앞에서 미순
이라는 이름을 입 밖에 내지 않았다.

　종교를 가져볼까 생각 중이야. 엄마 때문이지만 종교라는
게 자살을 바라보는 시각이 재미있기도 해서야. 종교는 자살
을 죄악시하기도 하지만 한편으론 숭고하게 생각하기도 하거
든. 순교처럼 말이야. 내가 죽고 나면 혼자 남을 엄마에게 마
지막 안식을 드리고 싶어. 미친 사람에게도 종교라는 것이 허
락된다면 말이지.

　J야, 내가 재미있는 얘기 하나 해줄게. 애인에게 나 자살할
거야, 했더니 뭐라는 줄 아니. 자살하면 내가 널 죽여 버릴 거
야, 그러잖아. 내가 무슨 생각이 들었는지 아니. 요즘 읽고 있
는 자살에 관한 책 중에 이런 얘기가 있거든. 스스로 자기 목
을 베었다가 도로 살아나게 된 한 남자가 자살하려 했기 때문
에 교수형에 처해졌다는 이야기야. 그러다 문득 애인에게 목
이 졸려 죽는 것도 괜찮겠다는 생각이 들었어. J야 나를 이상
하게 생각하지 말아줘. 너만이라도 나를 이해해줘. 그동안 나

는 이상한 것을 정상인 것으로 간주하며 살았잖아. 그래 나는 지금 내 엄마 이야길 하려는 거야. 한 번도 제정신으로 나를 안아보지 못한 엄마 이야기를.

나는 Y의 엄마를 본 적이 있다. 처음에는 그 애의 몇 개 남지 않은 가족사진 속에서였다. 사진 속 Y는 다섯 살이었고 그녀의 부모는 젊고 다정해 보였다. 하지만 Y는 자기 부모의 젊고 건강하던 시절을 잘 기억하지 못했다. 그 애의 기억은 네 살 때 화장대 서랍 속의 약병을 꺼내 가지고 놀았다는 등의 단편적인 것들이었다.

네 살의 Y는 약병을 손으로 흔들다가 뚜껑을 열었다. 흰색의 알들은 작고 매끈해 보였다. 사탕을 숨겨놓고 엄마만 먹고 있었구나. 밤이면 병 속의 알들을 삼키던 엄마의 모습을 떠올리며 알약들을 바닥에 쏟고는 한 알 한 알 입안에 넣었다. 그렇게 다섯 알쯤 넣고 있는데 거실에 있던 엄마가 들어왔고 약을 집어 먹고 있는 Y를 발견했다. 외마디 소리를 내지르며 엄마는 달려들어 약병을 빼앗고 입안에 손을 넣어 헤집으며 알약들을 빼냈다. Y는 캑캑, 숨이 막혔고 엄마의 손가락이 입안을 찔러 눈물이 났다. 아앙, 울음을 터뜨리는 Y의 등을 손바닥으로 내려치며 엄마는 소리를 질러댔다.

미쳤구나, 미쳤어. 너도 미치고 싶니, 이것아.

네 살 된 아이였지만 Y는 미쳤다는 그 말에 경기를 일으키며 울었다. 병 속의 알약이 수면제였는지 신경안정제였는지 알 수 없었지만 엄마는 그 뒤에도 항상 집에 있을 때면 그 약들을 물과 함께 삼켰다. 그리고 Y가 대학에 다닐 무렵 병원으로 실려 갔다. 자살미수였다. 엄마는 정기적으로 우울증을 겪었고 자살이 미수에 그치고 나서는 세상에 대해 병적인 두려움을 갖게 되었다. 엄마가 언제부터 병을 앓았는지 왜 그렇게 됐는지 Y는 알지 못했다. 외할아버지가 정신병이 있었대. 자세히는 몰라. 자살했다는 것밖에는. Y는 아무렇지도 않게 말하며 덧붙였다. 아마 나도 언젠가는 그렇게 될 거야.

언젠가 나는 정신병원에 간 적이 있었다. 엄마를 면회하러 가는 Y를 따라서였다. 시외버스를 타고 간 병원은 작았지만 깨끗하고 조용했다. Y는 자신의 엄마를 보여주고 싶다고 했다. 엄마는 사람을 그리워해. 매번 외롭다고 하면서 사람이 찾아오기를 기다려. 아버지는 예외지만 말이야. 병실로 함께 가면서 나는 그 애의 엄마를 상상해봤다. 아무것도 떠오르지 않았다. 언젠가 봤던 사진 속의 화사하게 웃던 모습만 희미하게 생각났다. 텅 비고 추운 눈. 환자복을 입은 Y의 엄마는 얼굴이

야위었고 눈동자는 불안정했다. 하지만 나를 잡는 손은 따뜻했다. 조금 앉아 있다 나는 인사를 하고 먼저 병실을 나왔다.

매번 외롭다고 해.

나는 의자에 앉아 Y의 말을 곱씹었다. 정신이 온전치 못한 그 애의 엄마가 외롭다는 것이 이상했다. Y의 엄마는 미친 게 아닌지도 몰라. 보호자 대기실의 일 층이 아니라 입원실이 있는 삼 층에 앉아 있던 나는 문득 그런 생각을 했다. 금세 온다던 Y는 오지 않았다.

화장실을 눈으로 찾으며 일어났다. 병실 쪽 옆으로 긴 복도가 이어져 있었고 그곳에 화장실 표지가 있었다. 흰 벽의 복도에는 아무도 없었고 내 구두 발소리만 크게 울렸다. Y가 들어간 병실 문 쪽으로 긴 창살 같은 철문이 잠겨 있었다. 철문이 열려야지만 Y는 이곳으로 나올 수 있었다. 나는 철문을 지나 화장실로 들어갔다. 모든 게 흰색이었고 지나칠 정도로 깨끗해 오히려 비현실적으로 보였다. 변기에 앉아서는 환자복을 입은 사람이 갑자기 문을 벌컥 열 것만 같았고 손을 씻으면서는 누군가 내 뒤에 서 있을 것만 같아 자꾸만 거울을 쳐다보았다. 화장실을 나오면서 나는 누군가와 마주칠까 봐 두려웠고 제발 누군가 나타나 주었으면 하고 바랐다. 아무도 없다는 게 다행스러우면서도 그렇게 두려웠던 적은 없었다.

Y와 병원 벤치에 앉아 주위를 둘러보았다. 정원수는 잘 가꾸어져 있었고 띄엄띄엄 앉아 있는 사람들은 모두가 평화로워 보였다. 멀리 저쪽으로 잔디가 깔린 언덕이 보였다. 며칠만 이곳에서 살고 싶다는 생각이 들어 나는 속으로 피식 웃었다.

비단향꽃나무와 월귤나무가 여기 어딘가에 있을 거야. 달걀 꽃향기도 맡아지는 걸. 아무 말 없이 앉아 있던 Y가 내뱉듯 말했다. 대꾸하지 않았지만 나는 그 애가 어느 소설 속 구절을 얘기한다는 걸 알았다. 그건 뭐야? 병실을 나오는 Y의 손에 검정비닐 봉투가 들려 있었고 아까부터 그것을 가슴에 안고 있었다. 응, 이거? Y는 봉투를 열어 보이며 허파 없는 사람처럼 픽, 웃었다. 봉투 속에는 쌕쌕 오렌지 캔 두 개와 초코파이 세 개, 샤니 카스텔라 한 개가 들어 있었다. 엄마가 주더라, 굶지 말라고. 아가, 엄마 없어도 밥 굶지 마라, 하면서. 엄만 항상 나보고 아가래. Y는 비닐봉지를 도로 닫았다. 그러고는 하늘을 올려다보며 얼굴을 찡그리고 말했다. 햇볕이 따갑구나.

배고파. 나 좀 줘. 아침부터 굶었어.

나는 비닐봉지에서 캔과 초코파이를 꺼내 Y에게 내밀고는 초코파이를 뜯어 입안에 넣었다. 단것을 좋아하지 않았지만 나는 그것을 조금씩 베어먹었다. Y가 저편 언덕을 바라보며 말했다.

너에게는 값싼 서정이 없어 좋아.

그 뒤 가끔 그 병원의 정원이 떠올랐다. 잘 가꾸어진 나무들, 천천히 게으르게 언덕을 오르내리던 사람들, 잘게 부서져 내리던 오후 햇살, 그리고 쌕쌕 캔과 초코파이. Y는 요즘도 그 녹색 벤치에 앉아 엄마가 건네준 비닐봉지를 가슴에 안은 채 햇살에 눈을 찔리며 얼굴을 찡그릴까. Y의 편지를 읽으며 나는 문득 궁금해졌다.

나는 미치고 말 거야. 엄마의 피가 내 몸속에 흐르고 있는 한 말이야. 나는 두려워. 미치게 될까 봐 무서워. 광기의 피가 내 속을 휘감고 돌다가 나를 옥죄어 올 거야. 엄마도 미치고 싶지 않았을 거야. 그렇게 되고 싶진 않았을 거야. 광기가 나를 휩싸기 전에 내가 그걸 끊을 거야. 나는 엄마처럼 되진 않을 거야, 절대로.

엄마 이야기를 할 때마다 자신은 그렇게 되고 싶지 않다고 했다. 너는 그렇게 되지 않아. 신경과민이야. 절대로 너는 미치지 않아. 그 어떤 말을 해도 수긍하려 들지 않았다. 자신도 알고 있다고, 꼭 유전되는 게 아니라는 걸 잘 알고 있다고 했다. 하지만 나는 미치고 말 거야. 너는 몰라. 서서히 옥죄여오는 이 느낌을 몰라. Y의 목소리는 가늘게 떨려 나왔다. 그때부터 Y는 자살을 꿈꿨을 것이다. 자신이 미치고 말 거라는 생각이 든 때부터.

세상에 미치지 않은 사람은 없어. 그리고 세상에 미친 사람도 없어.

몇 년 전 Y에게 했던 말을 되뇌듯 중얼거렸다.

그때 나는 Y의 집에서 그 애와 술을 마셨다. Y는 집에서 나와 작은 오피스텔에 혼자 살고 있었다. 그날은 나와 Y의 스물다섯 번째 생일날이었다. 우리는 생일이 같았다. 케이크의 초를 함께 불어 껐고 샴페인을 서로에게 따라주었다. 생일 축하해. 우리는 모차르트의 미뉴에트를 틀어놓고 춤을 추며 방 안을 빙그르르 돌았다. 샴페인과 함께 마신 양주의 취기가 빠르게 올라왔고 나는 속이 울렁거려 화장실로 들어갔다. J 괜찮니? 문 좀 열어봐, 어서. 토하고 싶다는 내가 걱정됐는지 Y는 쫓아 나와 화장실 문을 잡고 외쳤다. 내가 아무 말도 하지 않자 문을 쾅쾅 소리 나게 두드려댔다. 머리가 지끈 아파와 나는 문을 열며 쏘아대듯 말했다.

그만 좀 할 수 없니. 난 괜찮아, 괜찮다니까.

짜증 섞인 내 말에도 상관없이 그 애는 화장실 안으로 들어오며 상냥하게 웃었다.

너는 너무 건조해.

그리고 치마를 올리고 변기에 털썩 앉았다. 나는 물을 틀어 세면기에서 세수하다가 거울을 통해 Y의 모습을 훔쳐보았다. 이런 그 애를 본 것은 처음이었다. 우리는 함께 목욕해본 적도 없었고 함께 오줌을 누어 본 적도 없었다. Y는 하얀 엉덩이를 깐 채 기분 좋은 듯 미소 지으며 눈을 감고 있었다. 변기에 앉은 Y의 음모가 내 눈에 확 들어왔다. 그것은 검고 숱이 많았고 윤기가 흘렀으며 해초 냄새가 날 것만 같았다. Y는 물을 내리고 일어나 치마를 쓸어내렸다. 나는 Y에게 다가가 얼굴을 맞대며 그녀를 가슴에 안았다. Y, 너에게는 차갑지 않아.

Y의 몸은 따뜻했다. 우리는 Y의 침대에서 서로의 몸을 더듬으며 쉴 새 없이 말을 주고받았다. 어떤 말이었는지 기억할 수 없지만 서로에게 묻고 대답하기를 쉬지 않았다. 그러다 킥킥 웃었고 급기야 그 웃음이 울음으로 바뀌었다. 서로의 눈물을 혀로 핥아주면서도 울음을 그칠 수 없었다. 가쁜 숨이 뒤섞이며 방 안의 적막을 뚫고 떠돌다가 바닥으로 내려앉았다. Y의 몸 곳곳에 나는 입술을 가져다 댔고 내 가슴에 닿는 그녀의

뜨거운 숨결을 느꼈다. 멈추면 이대로 죽을지도 모른다는 생각이 들었고 나는 Y의 귀에 대고 속삭였다. 세상에 미치지 않은 사람은 없어. 그리고 세상에 미친 사람은 하나도 없어.

우리는 한동안 연락하지 않았다. 약속이나 한 것처럼 그랬다. 나는 부끄러웠고 죄의식을 느꼈으며 Y를 잃을지도 모른다는 두려움에 시달렸다. 몇 달 뒤 만난 우리는 그날의 얘기를 꺼내지 않았고 그 일이 꿈인 것처럼 느껴지게 되었다. Y는 내게 예전과 다름없는 친구일 뿐이었다.

J, 너는 이 엄마를 사랑하지 않는구나. 네 아빠처럼 말이야. 한 번도 내게 마음을 열어 보인 적이 없어. 네 아빠와 너 때문에 나는 아무것도 만들 수가 없어. 이걸 봐. 이렇게 예쁜 천들을 버려두고만 있잖니.

엄마는 커다란 대바구니를 내 방으로 끌고 와 바닥에 쏟으며 한탄하듯 말하곤 했다. 음성은 나직했고 힘이 없었다. 그럴 때면 나는 엄마의 원색 천들을 바구니에 도로 주워 담았다. 엄마, 재봉틀 좀 그만 돌리세요. 무엇 하나 만들지 못하면서 왜 그렇게 놓지 않는 거죠. 들들들 거리는 그 소리, 이젠 정말 지겨워요. 내 말에 엄마는 안색이 바뀌며 눈을 표독스럽게 치켜 떴다.

오살을 할 년. 네 아비와 똑같은 말을 하는구나. 하나 있는 딸년이 제 아비와 작당을 하고 서서히 나를 죽이려 하고 있어.

나직하고 다정하기까지 했던 말투는 어느새 거칠어졌고 흥분으로 떨렸다. 아버지에게 애인이 있다는 것을 알고부터 엄마는 언젠가 버림받을 거라는 망상에 시달리며 괴로워했다. 나는 엄마에게 그 어떤 말도 할 수가 없었다. 무슨 말을 한다 해도 소용없다는 것을 알고 있었다. 잠시 나를 노려보던 엄마는 숨을 몰아쉬며 일어나 방을 나갔다. 나는 엄마가 놔두고 간 대나무 바구니를 양손으로 번쩍 들고 안방으로 들어갔다. 엄마는 급하게 화장대 서랍에서 약병을 꺼내 움켜쥐고 있었다. 유리병 속의 알약은 작고 매끈해 보였다.

약을 꺼내는 엄마 손이 덜덜 떨렸다. 무엇이 엄마를 이렇게 흥분하게 한 걸까. 방 한가운데에 놓여 있는 재봉틀을 일별하며 거실로 나왔다. 작은방에서 책장 넘어가는 소리가 들렸다. 책상에 앉아 아버지는 소설을 읽고 있었다. 엄마의 발작이 있을 때를 빼고는 아버지는 엄마에게 다가가지 않았다. 엄마는 어쩌면 아버지와 나를 골탕 먹이기 위해서 정기적으로 발작을 일으키는지도 몰랐다. 엄마는 항상 말했다. 모두 나를 사랑하지 않아. 부녀가 짜고 나를 몰아내려고 한다는 걸 누가 모를 줄 알고.

엄마는 어쩌면 정상이었을지도 모른다. 사랑하지 않는다고 항변할 수 있는 사람이 어찌 아프다고 할 수 있겠는가. 아니면 아직 세상을 한참 모르는 바보이거나……. 세상에 상처 없는 사랑이 어디 있는가. 그래 어쩌면 자살을 꿈꾸는 Y 역시 삶을 너무 사랑하고 있는지도 모른다. 삶에 대한 애정 없이는 불가능한 것이 자살이니까. 삶에 대한 사치를 부린다는 생각이 들자 나는 갑자기 Y가 더할 수 없이 사랑스러워졌다. Y의 편지를 읽으면서 나는 그녀가 꿈꾸는 투정 어린 자살이 부러워졌다.

Y의 편지는 삼 일에 한 번씩 왔다. 그녀는 자살에 관한 책 얘기를 늘어놓고 있었지만 언제 어떻게 죽을 것이라는 말은 하지 않았다. 나는 열 번째 편지를 받고는 실망하고 말았다. 그녀의 마지막 편지를 기대하던 내게 거듭되는 자살예찬론은 실망을 안겨주기에 충분한 것들이었다. 그녀는 자살에 관한 책들이 무궁무진하다며 연구할 만한 가치가 있는 책들을 모두 읽고 싶다고 했다. 자살의 유형들과 그에 관한 분석을 서너 장에 걸쳐 지루하게 적어 놓았다. 나는 몇 번인가 하품해가며 그걸 읽어 내려갔다. 그러다 나는 그동안 내가 Y를 오해하고

있었는지도 모른다는 생각이 들었다. Y는 반드시 자살할 것이라는 믿음이 틀릴 수도 있다고…… 그녀가 자살을 빙자한 유희를 즐기고 있다는 사실에 나는 심한 배신감을 느꼈다. 더 이상 나는 Y의 편지를 기다리지 않았다.

네 잎 클로버 모양의 열쇠고리가 눈에 띄었다. 지난여름 십자수에 빠져 있을 때 만든 것이다. 한쪽 구석에 처박아놓은 그것을 꺼내 책상 위에 올려놓았다. 그리고 시디 함에서 재즈 음악을 꺼내 오디오에 집어넣었다. 귀에 익은 편안한 선율이 흘러나왔다. 오랜만에 서랍과 책장 정리를 하기 시작했다. 책상 한쪽에 쌓아놓은 책들은 모두 자살에 관한 내용이다. 나는 그 책들을 책장 한가운데에 꽂고 그중 하나를 펴들었다. 이미 읽은 책이지만 흥미 있는 내용이라 다시 손에 잡고 있다.

어제 저녁에 쓰다만 편지지가 책상 한가운데 펜과 함께 놓여 있다. 나는 몇 달 전부터 편지를 쓰고 있다. 편지지 맨 위에는 J에게, 라고 적혀 있다. 어제는 읽던 책의 내용을 요약해 적느라 꼬박 밤을 새웠다. 요즘은 책 읽기와 편지 쓰기를 하느라 거의 밤잠을 제대로 못 자고 있다. 의자에서 일어나 거울 앞으로 다가가 꺼칠한 얼굴을 비춰본다. 몇 달 사이 얼굴이 해쓱해졌다. 어제 아버지는 전화를 걸어와 엄마 면회를 함께 가자고 했다. 엄마가 싫어할 거예요. 내 말에 아버지는 한숨을 내쉬며 말했다. J, 너는 언제쯤 변할 거니?

얼굴을 손바닥으로 쓸어내린다. 오늘따라 목의 점이 유난히 선명하게 보인다. 나는 거울 속 목의 점을 가만히 만지며 어느 남자가 했던 말을 기억해낸다.

목에 점이 있는 사람은 자살한다고 하더군요.

나는 자살할 것이다.

이방인

"심각한가요?"

내 음성은 담담했다. 나는 수화기를 오른쪽 귀와 어깨 사이에 끼운 채 양손으로 키보드를 두드리며 건성으로 대답하고 있었다.

"그런 모양이야, 병원에서 보자."

전화가 끊겼다. 갑자기 전화벨 소리, 테이블에 앉아 상담하는 소리 등 사무실 소음이 밀려왔다. 빌딩 사이의 오후 햇살은 피곤한 듯 졸고 있었다. 담배 생각이 간절해졌다. 나는 자리에서 일어나 휴게실의 육중한 유리문을 밀었다. 휴게실 한쪽 의자에 신문지를 얼굴에 덮고 잠들어 있는 남자가 보였다. 다림질 잘된 하얀 와이셔츠 밑에 남자의 두 손이 축 처진 채 나와 있고 양복바지 밑의 구두는 반질반질 윤이 흘렀다. 남자 곁에 방음이 잘된 벽을 타고 넘어온 게으른 침묵이 내려앉고 있었다. 나는 남자를 바라보며 양손으로 머리를 누르다가 담배 피우려던 것을 그만두고 의자에 주저앉았다.

하얀 와이셔츠 입은 남자를 보면 언제나 정돈돼 있다는 느낌이 들었다. 생에 있어서 그 어떤 무질서도 허용하지 않을 듯한 안정감. 하지만 그처럼 꽉 짜인 일상을 대할 때면 나는 연민이 일었다. 저녁이 되면 와이셔츠는 구겨지고 남자는 먼지 앉은 구두코를 바라보며 다음 날의 업무를 걱정하겠지. 한 치 앞의 앞날도 모른 채. 나는 한 남자를 떠올렸다. 문구사에 어울리지 않게 와이셔츠를 항상 다려 입던 남자. 그 남자의 단정하고 깔끔한 웃음소리가 들려오는 듯해 나는 두 손으로 귀를 막았다.

그 남자를 처음 본 것은 소설 동인회에서였다. 그해 여름 나는 살이 쪘다. 여름이 무서웠다. 지갑과 핸드폰을 함께 잃어버려 버스비도 없던 저녁이었다. 어둑해진 거리에는 사람들이 바쁘게 오가고 있었고 나는 머릿속에 남아 있는 이름을 기억하려 애썼다. 선명하게 다가오는 이가 없었다. 모두 낯선 사람이 되어 버린 듯했다. 나는 갑자기 미아가 된 듯 불안해져 공중전화 부스를 초조하게 기웃거렸다. 뚜뚜, 동전이 남아 있었다. 기억나는 번호를 꾹꾹, 눌렀다. 지금거신전화번호는결번이오니다시한번확인하시고걸어주십시오. 나는 황급히 수화기를 놓고 공중전화 부스를 빠져나왔다. 제대로 걸리지 못한 수화기가 줄에 매달려 바둥거렸다. 하늘에서 빗방울이 떨어지기 시작했고 나는 비 오는 거리를 무작정 걸었다.

빗속을 걷다가 갈 곳이 없었던 나는 불 밝히고 있는 가까운 서점으로 들어갔다. 외로웠다. 아늑하게 나를 담아내고 지켜줄 울타리가 그리웠다. 추웠던 마음 한쪽에 비집고 들어왔던 꼿꼿하게 꽂힌 책들. 책장에서 꺼내 든 아마추어 소설 동인집에는 회원들의 사진이 실려 있었다. 서로 어깨동무를 하고 활짝 웃고 있었다. 하나의 끈을 잡고 놓지 않고 있는 그들을 보며 그 속에, 해바라기 같은 그 웃음 속에 끼고 싶었다.

간단한 절차를 거쳐 소설 동인회에 가입했다. 하지만 낯가림이 심했던 탓일까. 나는 쉽게 적응하지 못한 채 몇 달을 보냈다. 한 해를 마감하는 송년 모임 자리에 어색하게 외떨어져 술잔만 만지고 있던 내게 그가 다가왔다. 이영주 씨? 반갑습니다. 그는 동인회 회장이었다.

반 곱슬머리, 얼굴은 약간 넓적했고 이목구비가 작았으며 웃을 땐 실눈이 되곤 했다. 그는 고독한 소설이라도 쓰는 거예요? 좀 웃고 어울려 봐요, 라는 말로 나를 웃게 했다. 또 자신의 집과 가까운 거리에 내가 사는 것을 알고 사람들이 모이는 자리에 나를 부르곤 했다. 나는 그들 속에 자연스럽게 편입되어 갔다. 남자의 배려 덕분이었다.

그들 어투 속에 배어 있는 시와 소설, 술을 마시며 안주 먹듯 가볍게 하는 작가 이야기는 더딘 시간을 견딜 수 있게 해주었다. 우리는 글을 쓰고 싶어 하는 사람들이었지만 모두 아무것도 아니었다. 툭툭 내뱉는 진담 같은 슬픈 농담 속에 섞여 나는 세상을 경멸하며, 다소 안도하며 그리고 조금은 스스로를 위로하고 있었다.

뇌졸중? 그의 건강한 안색 어디에 그런 치명적인 독버섯이 자라나고 있었을까. 언젠가 자신과 아내에 관해 쓴 그의 수필이 기억났다. 그는 다니던 지방대학을 중퇴했고 문학의 꿈을 놓지 않는 열정을 가지고 있었다. 청년 시절 무작정 글을 써야겠다고 작정한 후 서울로 올라와 평화시장에서 짐꾼으로 일한 적이 있었다. 그 시장에서 만난 여자가 그의 아내였다. 그녀는 눈이 작고 주걱턱을 가지고 있으며 시장 상가에서 일하는 점원이었다. 쉴 새 없이 다다다다 전자계산기를 두드려 대고 누구에게도 질 것 같지 않은 거친 말투를 가지고 있었다.

그리고 점심시간이 되면 자장면이나 짬뽕을 시켜 주위 사람을 신경 쓰지 않은 채 죽죽 그 긴 면발을 토끼 이빨로 잘도 끊어 먹는 억척이었다.

그런 여자에게 남자가 마음을 뺏긴 건 술 마신 다음 날 쓰린 속을 부여안고 엎드려 있던 창고 안으로 여자가 다가와 아무 말 없이 약봉지를 쓱 내민 후부터였다. 그것이 연애의 시작이었다. 그 후 둘은 결혼을 했고 글을 쓰고자 하는 남편에게 노트북을 선물하는 등 여자는 남자를 끔찍이 사랑했다. 그의 아내도 그가 글 쓰는 사람이기를 바랐다.

남편은 욕심이 많은 사람이에요, 술자리에서 그의 아내가 말했다. 정작 욕심이 많은 건 그의 아내인 듯했다. 억척인 여자 덕에 문구사를 차리게 되었고 이제 그 남자는 따뜻한 가정 안에서 자신의 꿈을 펼치고자 했다. 그를 꼭 빼닮은 아들이 하나 있었고 아내와 함께 꾸려 가는 문구사는 경기가 별로 좋지 않다고 했지만 남자는 건실하게 하루하루를 살았다. 아내가 정성 들여 다린 와이셔츠를 매일 갈아입으며. 이제 남자는 서른여섯 살이었고 찬바람이 불면 어김없이 신춘문예에 응모하곤 했지만 매번 쓴잔을 마셔야 했다. 하지만 그의 아내는 와이셔츠를 다리며 남자를 격려했고 남자는 올해도 여전히 신춘문예를 준비한다고 했다.

"화장실에 쓰러진 걸 네 시간 정도 지나 발견했어. 병원으로 옮길 당시 눈동자 풀려 있었고 병원에 도착하고 나선 산소 호흡기에 의지해 있어."

수화기 저쪽의 목소리는 약간 들떠 있는 듯이 들렸다. 나는 아직도 전화를 받고 있다는 착각이 들어 주위를 둘러보았다.

그때 신문지를 덮고 잠들어 있던 남자가 깨어났다. 신문지를 얼굴에서 거두며 남자는 인상을 찌푸렸다. 남자가 쓰고 있던 안경도 험상궂게 찡그려졌다. 고개 들어 두리번거리다 손목시계를 쳐다보던 남자는 허둥지둥 휴게실 문을 나섰다. 에이, 제기랄 큰일 났네. 남자의 낮은 목소리가 바닥에 휴지처럼 떨어졌다.

명동역을 걸었다. 대방역에 있는 병원으로 가기 위해서는 서울역에서 1호선으로 갈아타야 했다. 명동역 지하상가는 터널처럼 길었고 마주 걸어오는 사람들과 어깨를 부딪칠 정도로 붐볐다.

나는 옷 상가의 쇼윈도를 힐끔거렸다. 긴소매 재킷과 니트가 주종을 이루고 있었다. 올 가을엔 블랙이 유행이었고 나는 블랙이 좋았다. 쇼윈도를 기웃거리던 나를 주인 여자가 나와

서 잡아끌었다. 들어와 봐요, 예쁘다니까. 엉거주춤 서 있다 여자에게 이끌려 가게 안으로 들어갔다. 가게 안의 옷들을 훑어보았다. 검정과 브라운 회색의 가을 재킷들이 걸려 있었다. 그때 한쪽 벽에 걸린 검은색 원피스가 눈에 들어왔다. 원피스는 목 부분이 라운드 처리되어 있었고 소매는 칠 부였으며 앞에는 단추 다섯 개가 달려 있었다. 가슴과 허리 부분에 라인을 넣었고 무릎과 발목 중간 정도의 길이로 일정한 주름이 여러 개 들어가 있었다. 귀엽고 우아한 느낌을 주는 원피스였다. 나는 원피스를 보여 달라고 말했다. 여자는 원피스를 건네며 너무 잘 어울리겠네, 입에 발린 말을 늘어놓았다. 원피스는 몸에 꼭 맞았다.

탈의실에서 나와 거울 앞에 섰다. 검은색 원피스가 하얀 피부를 더욱 투명하게 해주었다. 딱 맞네, 넌 이쁘다. 주인 여자의 수다를 들으며 계산을 했다. 나는 만족했다. 상가 입구를 빠져나오며 대형 거울에 비친 내 모습을 힐끔 일별하고 미소를 지었다. 계단을 내려가 전동차를 타고 자리에 앉았다. 앞 유리에 원피스를 입은 내 모습이 비쳤다. 낯설고 차가운 인상의 여자가 창유리에서 흔들리고 있었다.

비가 내렸다. 1호선으로 바꿔 탄 서울역에서 출발한 열차는 용산, 노량진을 지났다. 전동차 안은 어두웠으며 사람들의 행색도 어색하고 초라해 보였다. 나는 검은색 원피스에 검정 우산을 들고 밤색 가죽 백을 든 내 모습을 전동차 유리에 비춰보며 빗금을 그어대는 빗줄기를 응시했다.

비 오는 날의 국철은 언제나처럼 지난 시간의 향수를 불러일으켰다. 나는 대형 광고판의 야채 크래커가 비에 젖어 눅눅해지는 것을 바라보다가 불현듯 허기를 느꼈다. 전동차 안을 둘러보았다. 자리에 앉아 졸고 있는 사람들, 손잡이에 의존해 있는 사람들의 얼굴에 피곤이 빗물처럼 번져 있었다. 나는 검정 우산을 들어 바닥에 톡톡 두들겼다. 우산에 숨어 있던 빗물이 바닥에 떨어졌다. 바닥은 사람들이 떨군 빗물로 지저분하게 얼룩져 있었다.

병원은 보이지 않았다. 지하철 입구에 좌판을 펴놓고 장난감 비행기를 팔고 있던 사내가 출구로 나가 계속 걸어 올라가라고 일러주었다.

빗줄기가 차츰 거세졌다. 나는 상가도 별로 없는 인적 드문 어두운 길을 걸어 올라갔다. 멀리 육교가 보였다. 쌍쌍 단란주점을 지났다. 육교다방을 지나고 작은 간판의 구멍가게를 지났지만 십자가 모양의 병원 표시는 어디에도 없었다. 너무 많이 걸었다는 생각이 들었다. 길을 잘못 들어선 것이리라. 오던 길을 뒤돌아 걸었다. 단란주점 앞에 서 있던 두 명의 남자가 붉은 간판 아래서 나를 보고 휘파람을 불었다. 나는 걸음을 빨리했다. 그러고는 구멍가게에 들어가 병원 위치를 물었다. 회에에윙단 보오도오오를 거거건너어어…… 횡단보도를 가리키며 건너편으로 가라고 말하는 주인 남자는 심하게 말을 더듬고 있었다. 횡단보도를 향해 걸었다. 빗줄기가 가늘어졌다.

병원은 큰길 옆 골목길 안쪽에 숨어 있었다. 병원을 향해 걷는 나를 누군가가 불렀다. 영주야, 이쪽으로 와. 아는 형이었다. 그는 내게 손짓을 했다. 나는 나보다 나이 많은 모든 남자에게 형이라는 호칭을 붙였다. 그의 파란색 우산이 비에 젖어 흔들리고 있었다. 그는 병원 이름을 그대로 따서 붙인 식당 앞에 서 있었다. 면회가 안 돼. 병원 가도 소용없어, 라며 식당 안으로 들어오라고 했다.

식당 유리문 옆에 쪼그려 앉아 있는 사람들이 눈에 띄었다. 서른 살의 고경아도 그 자리에 있었다. 그녀는 언제 온 걸까? 몇 번의 만남을 통해 얼굴을 익힌 사이였다. 나는 그녀 곁에 쪼그리고 앉았다. 그녀는 울고 있었는지 두 손으로 얼굴을 가리고 있다가 나를 보고 내 어깨에 얼굴을 기댔다. 어쩌니, 이

일을. 그녀의 목소리가 젖어 있었다. 나는 아무 말 없이 그녀를 바라보다 담배를 꺼내 물었다. 빗줄기를 바라보며 피우는 담배는 가슴을 휘감고 돌았다. 나는 두 개비의 담배를 피우다 빗속에 꽁초를 던졌다. 담배꽁초가 빗물에 지지직 소리를 내며 꺼졌다. 비에 젖어 있던 상가들이 셔터를 소리 내 닫으며 전등불을 하나둘 꺼 나가고 있었다. 그녀의 어깨를 다독이듯 두들기고 식당으로 들어갔다.

현우가 있었다. 그와 나는 서로 사랑하고 있었다. 그는 담배 연기 자욱한 탁자에 팔을 올리고 소주잔을 들고 있다가 나와 눈이 마주치자 술잔을 약간 들어 보였다. 아침에 내게 전화를 해서 오늘 만나자고 했지만 나는 일이 많아 어렵겠다고 했다. 현우는 얼굴이 불콰하게 달아올라 있었다. 빠르게 소주를 마신 듯했다. 소주를 잘 마시지 못하는 그의 주량을 알고 있었다. 나는 그와 외떨어진 곳에 자리를 잡고 앉았다. 식당 안에는 십여 명이 술잔을 앞에 놓고 낮게 대화를 나누는 중이었다. 지방으로 내려가 얼굴을 보지 못하던 사람들의 모습도 눈에 띄었다. 가스버너 위에 올려진 냄비에는 오징어 볶음이 바닥을 보인 채 남아 있었고 탁자 위에는 아무렇게나 널려진 하얀 플라스틱 접시들이 어지럽게 포개져 있었다.

나는 앞에 놓인 잔에 소주를 따라 입안에 털어 넣었다. 빈속에 흐르는 소주가 맹물처럼 느껴졌다. 안주 대신 물을 들이켰다. 옆에 앉아 있던 누군가 내 빈 잔에 소주를 채웠다. 나는 소주를 한 번에 들이켰다. 아무 맛도 나지 않았다. 술을 따라주던 남자가 내 등을 툭툭 치며 너무 상심 마, 했다. 소설이 아닌 시를 쓰고 싶어 하던 남자였다. 상심? 나는 남자를 향해 약간 웃었다. 그가 쓴 시를 읽은 적이 있었다. 감상적인 단어들만 나열된 단순한 시였다. 그가 심각한 얼굴로 건넨 그 시를 나는 심각하지 않게 읽었다. 그 뒤 몇 번 그 사람의 시를 봤지만 시는 별로 나아지지 않았다.

제기랄, 왜 이런 거지, 그 녀석이 왜. 앞에 앉은 남자가 소주를 마시며 낮게 외쳤다. 나는 들던 잔을 탁자 위에 놓고 남자를 바라봤다. 그는 눈자위가 빨갛게 된 채 손을 얼굴에 가져다 대고 입가를 가리고 흐느꼈다. 눈가에 물기가 번져 있었다. 아무렇게나 빗어 넘긴 남자의 새치 많은 머리가 더부룩해 보였다. 앞에 앉은 여자도 어깨를 들썩였다. 저마다 한 가지씩 못다 한 말이 있는 듯한 얼굴로 중환자실에 있는 남자를 원망하며 그를 이야기하고 있었다. 나도 울어야 하지 않을까. 혼란스러웠다.

내 앞에는 대형 거울이 식당 내부를 비추고 있었다. 거울에 내 얼굴이 비쳤다. 형광등 불빛 아래서 얼굴이 더욱 희게 보였다. 나는 넉 잔째 소주를 마시고 있었다. 빈속에 들이켠 소주는 오히려 정신을 맑게 했다. 소주를 따랐다. 잔의 반을 채우고 소주는 또옥 소리를 냈다. 여기 소주 한 병이요. 내 목소리가 크게 들렸다. 저쪽 탁자에 앉아 있는 현우의 시선이 느껴졌다. 나는 새로 나온 소주를 따르고 단숨에 들이켰다. 속이 울컹, 흔들렸다.

그렇게 소주만 들이켜던 나는 식당 밖으로 나와 담배를 피워 물었다. 담배 연기가 급하게 들이켠 소주와 섞여 쓴 물이 되어 올라왔다. 나는 빗물이 고인 길바닥에 타악 침을 뱉었다. 빗물에 섞이기 시작한 침은 형체를 잃은 채 사라졌다. 담배를 피우던 내 곁에 현우가 어느새 다가와 섰다. 술에 취한 듯 눈가가 빨갛게 물들어 있었다. 나는 담배를 건넸다. 그는 담배를 받으며 무심히 말했다. 너 오늘 이쁘다. 그의 말에 후우, 그래? 나는 담배 연기를 길게 내뿜었다. 나란히 서서 담배를 피우는 우리 곁으로 오토바이 한 대가 빗물을 몰고 거칠게 지나갔다. 열한 시가 넘어 식당이 문 닫을 시간, 사람들이 자리를 털고 나왔다. 나는 식당 안에서 가방을 가지고 나와 사람들과 함께 병원을 향해 걸었다. 다시 한번 면회를 신청할 생각이었다.

중환자실은 이 층에 있었다. 비상구 바로 옆에 마련된 녹색 의자에는 사람이 없었다. 비상구 계단을 오르면서 그 누구도 입을 열지 않았다. 나는 갑자기 쏟아지는 잠 같은 피로를 느꼈다. 눕고 싶었다. 무겁게 걸음을 옮겨 중환자실 앞에 섰다. 누군가 중환자실 문 앞의 벨을 누르고 면회를 신청했다. 너무 늦어서 면회 안 됩니다. 내일 아침 일곱 시에 오세요, 기계적인 여자 음성이 들려왔다. 저, 잠깐만요. 가족들이 지방에서 올라와서 그래요. 잠깐이면 돼요. 제발 부탁입니다. 간절한 이쪽의 음성에 잠시 사이를 두고 그럼 잠깐만이에요, 하는 음성과 동시에 중환자실의 두툼한 유리문이 스르르 열렸다. 파란색 가운을 입은 간호사가 나와서 신발을 갈아 신고 가운을 걸치라고 말했다. 뒤처진 채 서 있는 내 등을 누군가 감싸며 들어가자, 말했다.

나는 가방을 내려놓고 신발과 가운을 걸치고 사람들 뒤를 따랐다. 의식을 잃은 환자들 곁에 있던 보호자들이 휑한 눈으로 늦은 시간에 들어선 우리 일행을 바라보고 있었다. 남자는 무방비 상태로 자신을 노출한 채 누워 있었다. 긴 호스를 코에 꽂고 누워 있는 그의 손을 누군가 잡고 울먹이듯 말했다. 일어나, 뭐 하는 거야. 그 소리를 듣자 그가 벌떡 일어날 것 같다는 생각이 들었다. 나는 빠르게 등을 돌려 슬리퍼와 가운을 벗어 던지고 중환자실을 빠져나왔다.

요의를 느꼈다. 두리번거리며 화장실을 찾았다. 중환자실을 대각선에 두고 화장실 표지가 눈에 들어왔다. 나는 급하게 문을 열고 화장실 안으로 들어섰다. 변기에 앉아 천장을 바라보았다. 하얀색 위에 갈매기 모양의 무늬들이 촘촘히 박혀 있었다. 바다가 보고 싶었다. 변기 물 내려가는 소리가 한차례 회오리를 만들었다.

벌컥, 화장실 문 열리는 소리가 들리더니 여자의 음성이 들려왔다. 글 쓰는 사람이었으니 그럴 수 있지. 유명한 작가들도 그랬는데, 뭐. 하지만 그건 날 사랑하는 것과는 비교할 수 없는 거야. 남자의 아내였다. 그녀의 말끝에 언니, 미안해, 라며 여자의 울음 섞인 음성이 뒤를 이었다. 고경아였다. 나는 원피스의 주름을 손으로 펴며 양변기의 뚜껑을 조용히 덮고 그 위에 주저앉았다. 낮게 말하려고 하지만 여자들의 음성은 높아지고 있었다. 이젠 모두 끝난 일인데 어쩌겠니, 울지 마라. 남자의 아내가 말하고 있었다. 그녀는 모든 걸 포기하고 있는지도 모른다.

언니, 오빠 아직 죽지 않았잖아. 반드시 일어날 거야. 정말이야. 깨어나기만 하면 난 멀리 떠날게. 약속해, 언니. 흑. 고경아는 남자의 아내에게 안겨 울고 있는 듯했다. 토닥토닥 등이라도 두들겨주고 있는 것일까. 두 여자의 울음이 뒤섞이고 있었다. 천장의 무늬를 바라보았다. 어지러운 무늬가 울음소리에 떨리듯 흔들렸다.

언젠가 새벽까지 술 마시던 기억이 떠올랐다. 이른 오후부터 마시기 시작한 술에 사람들은 취했고 나는 집에 가기 위해 자리에서 일어났다. 비틀거리며 일어서던 나는 대문 앞까지 배웅해주겠다는 남자를 말리지 않았다. 남자는 돌아서는 나를 향해 소릴 질렀다. 난 말이야, 바람처럼 살고 싶기도 해. 처자식 없는 산으로 들어가 글만 쓰며 그렇게 자유롭게 말이야. 남자의 음성이 위태롭게 들려 나는 골목을 빠져 나와서도 뒤돌아봤다. 바람이 내 등을 떠밀며 얼굴을 때리던 차가운 새벽이었다. 그 남자의 가슴 한구석에도 찬바람이 불었던 걸까. 생의 외로움을 또 다른 사랑으로 견디어보고 싶었던 걸까. 고경아와의 만남도 그러했으리라. 가벼운 글을 써도 그 남자의 글에서는 쓸쓸한 냄새가 났다.

하지만 남자의 아내는 성격이 활달한 여자였다. 사람들과 어울리기를 좋아해서 집으로 사람을 부르길 즐겼고 남편이 모임의 중심이 되는 것을 자랑스러워했다. 그녀는 남편이 대단한 작가가 될 것이라고 믿고 있었다. 그 믿음이 이른 아침부터 자정 가까이 문구사 일을 도맡아 해도 불평을 거둬들이게 했다. 새벽까지 집으로 돌아가지 않고 술잔을 드는 사람들의 뒤치다꺼리를 귀찮아하지도 않았다. 남편이 작가가 된다는 건 그 여자의 꿈을 이루는 것이기도 했다.

언제나 웃으며 사람들을 맞이하던 여자가 울고 있었다. 두 여자가 화장실을 나가는 소리가 들렸다. 문이 닫히는 소리를 들으며 그가 정말 사랑한 사람은 누구였을까 생각했다. 아내였을까, 고경아였을까, 아니면 둘 다였을까. 우리가 울면 누워 있는 사람한테 좋지 않아. 식당 앞에서 고경아는 젖은 눈으로 나를 쳐다보았다. 너무 울지 마, 괜찮을 거야. 고경아의 눈을 바라보며 나는 고개를 천천히 끄덕였다. 울기라도 했으면…… 눈물이라도 났으면…….

나는 현우가 어디에 있을까를 생각했다. 중환자실 면회를 함께 했다. 그리고 그는 지금 어딘가에 사람들과 모여 있을 것이다. 나를 궁금해 할 것이다. 오늘 이쁘구나, 하고 말할 때의 그의 눈은 키스하고 싶은 눈이었다. 아니, 키스는 내가 하고 싶었는지도 모른다. 미쳤군. 나는 변기에서 일어나며 원피스의 주름을 폈다. 그러고는 손을 씻으며 거울에 비친 얼굴을 바라봤다. 지나치게 하얗다. 아까처럼 속이 울렁이지는 않았다. 술을 마시고 싶었다. 현우를 찾아 술을 마셔야겠다는 생각을 했다. 술을, 술을 더 마시면 눈물이 나려나. 나는 화난 듯 화장실 문을 쾅 소리 나게 닫았다.

복도 의자에 몇 사람이 앉아 있었다. 화장실에 있던 두 여자는 보이지 않았다. 나는 의자에 앉아 있는 이에게 사람들이 어디에 있는가를 물었다. 병원을 나가서 오른쪽으로 커브 돌면 바로 모텔 간판이 보일 거예요, 다들 갔으니 어서 가세요. 네에, 나는 병원 문을 나서며 내리는 비를 보고 잠시 서 있었다. 우산을 써야 하나, 그냥 비를 맞고 걸을까.

모텔의 어두운 입구를 지나 사람들이 있는 방 안으로 들어섰다. 방문 앞에 벗어둔 신발들이 엉킨 채 뒹굴고 있었다. 어색한 얼굴로 들어서는 내게 방 안에 모여 있던 사람들의 시선이 몰렸다. 나는 가방을 방바닥에 털썩 내려놓고 구석으로 가서 벽에 등을 기대고 앉았다. 그리고 방 안을 훑어보았다. 현우가 보였다. 종이컵을 들고 있었다. 맥주인 듯했다.

영주 씨 왔네. 누군가가 말했다. 나는 대꾸 없이 입을 약간 비틀고 웃었다. 열 명 정도의 사람들이 어깨를 맞대고 비좁게 앉아 있는 가운데 새우깡과 소주병, 맥주병이 놓여 있었다. 나는 앞에 놓인 종이컵에 급하게 소주를 따라서 단번에 들이켰다. 현우의 눈길이 느껴졌다. 그는 나와 대각선에 앉아 있었고 그의 옆에는 어떤 여자가 그에게 어깨를 기댄 채 무어라 계속 말을 하고 있었다. 이야기를 들으며 고개를 끄덕이는 현우의 모습이 선명하게 눈에 박혔다.

나는 시계를 찾아 벽을 훑어보았다. 그 흔한 싸구려 벽시계 하나 걸려 있지 않았다. 왜 이리 불빛이 어둡지. 작은 형광등 하나만이 불을 밝히고 있는 방 안이 답답하게 느껴졌다. 그 불빛 아래 앉아 있는 사람들 모습이 답답했다. 나는 자리에서 벌떡 일어났다. 왜 가려고? 내 옆에 앉아 있는 이가 나를 바라보며 물었다. 아뇨, 바람 좀 쐬려고요. 나는 신발을 찾아 신고 모텔 복도를 걸어 나왔다. 빨갛게 깔린 카펫이 집요하게 나를 따라 왔다.

모텔 간판 앞에 서서 내리는 비를 바라봤다. 가방을 가지고 나오지 않은 나는 한숨을 쉬며 담배 생각을 했다. 가방 안에 담배가 있었다. 손가락을 들어 헛 담배질을 했다. 문 옆모서리에 주저앉았다. 그가 나와 줬으면, 내 옆에 나타났으면. 눈을 감았다. 또옥, 빗물이 내 얼굴을 적셨다. 눈을 떴다. 거짓말처럼 현우가 나를 내려다보고 있었다. 그는 말없이 나를 일으키며 팔을 잡아끌었다. 나는 그에게 이끌린 채 걸어갔다. 또 다른 옆의 모텔로 나를 데리고 갔다. 모텔 복도에 빨간색 천이 정육점 빛깔을 띤 채 길게 깔려 있었다. 모텔은 왜 항상 붉은 빛을 안고 있는 거야. 갑자기 욕지기가 났다.

침대 방이었다. 하얀 시트가 깔린 나무 침대가 추워 보였다. 방 안에 들어선 현우가 나를 안았다. 내 긴 머리가 그의 두 팔 안에서 출렁였다. 현우의 품은 따뜻했다. 나는 그의 가슴에 얼굴을 깊이 묻었다. 내 얼굴을 드는 그의 손이 떨렸다. 하얀 목련 꽃잎이 떨어지듯 내 입술 위에 그의 입술이 포개졌다. 내 입술 위에서 맴돌다 깊숙이 파고드는 입술이 뜨거웠다. 전에도 현우는 나를 안고 싶어 했다. 사랑하고 있다는 것을 안 순간 나는 그를 안지 않으리라 생각했다. 사랑을 나눈 후에 담배 한 개비씩을 나눠 피우고 꼭 이별해야 할 것만 같았기 때문이었다. 하지만 이제는 사랑 후의 이별도 괜찮다는 생각이 들었다.

새벽, 비는 절망스러운 축복처럼 내리고 도처에 슬픔이 스멀스멀 지렁이처럼 기어 다니고 무엇보다도 따뜻했던 한 남자가 죽어가고 있었다. 나는 그의 죽음 앞에서 태연하게 슬퍼하지 못했다. 온전한 슬픔과 내통하지 못해 나는 괴로웠다. 너를 안음으로써 내 사랑을 철거하려 해. 이 강요된 아픔을 소유하길. 너를 안아보자. 너와 사랑해 보자. 나는 현우의 와이셔츠 단추를 하나하나 풀었다. 그의 손이 내 등 뒤로 가 원피스 지퍼를 내렸다. 그래, 너와 뒹굴어 보자. 이 빗소리를 들으며 사랑에 질식해 보자. 나는 원피스가 바닥에 떨어지는 소리를 들으며 눈을 감았다.

현우가 나를 안고 침대에 눕혔다. 눈을 떠 옆에 누운 그의 얼굴을 바라봤다. 낯설다. 어색하게 그의 맨 가슴에 얼굴을 가져갔다. 날것의 너와 내가 만나는구나. 따뜻한 온기, 이제 온전하게 너를 기억할 수 있겠어. 더욱 커지는 빗소리를 들으며 그의 몸을 받아들였다. 입영 열차를 앞둔 애인들처럼 그와 나는 서둘고 있었고 급했으며 처음 사랑을 나누며 마지막을 예감하고 있었다. 우리의 사랑에 빗줄기가 길고 짧게, 큰 소리로 작은 소리로 아프게 동침했다.

모텔을 나왔다. 현우는 그 방에 남아 있었다. 모텔을 나오기 전 복도에 걸린 시계는 세 시를 가리키고 있었다. 비는 그치지 않고 내렸다. 나는 가방이 있는 모텔방으로 들어갔다. 예닐곱

명 정도가 술잔을 기울이고 있었다. 방으로 들어서는 내게 어디 다녀왔느냐고 누군가가 물었다. 나는 가방을 찾아 옆으로 당기며 병원에요, 짧게 대답했다. 잠자려는 사람들은 방을 더 얻었다고 묻지도 않은 말을 했다. 영주 씨 울었군요, 얼굴이 창백해요.

이런, 울긴. 사랑을 나눈 후의 내 얼굴이 그렇게 슬퍼 보이나.

대꾸 없이 나는 종이컵을 들었다. 옆에 앉은 이가 맥주를 따랐다. 노랗고 미지근한 술이 맥없이 채워졌다. 나는 술을 들이켜고 앞에 놓인 땅콩을 오징어처럼 질겅질겅 씹었다. 그러면서 사랑 후에 담배를 피우지 않았다는 것을 생각해 냈다. 앞에 놓인 담뱃갑에서 담배를 꺼내 물었다. 담배 연기가 내 모습을 감싸고 돌 것으로 생각하니 마음이 평온해졌다.

깜박 잠이 들었던 모양이다. 누군가가 날 흔들어 깨우는 소리에 눈을 떴다. 머리가 깨질 듯 아파 왔다. 방 안에는 술 마시던 사람들이 아무렇게나 쓰러져 자고 있었다. 영주야, 괜찮아? 걱정스럽게 나를 바라보는 고경아의 얼굴이 보였다. 그녀의 눈은 부어 있었다. 몇 시예요? 나는 그녀의 눈을 보며 물었다. 여섯 시 넘었어, 면회하러 가자. 면회요? 응, 일곱 시에 면회되거든. 그녀는 나를 일으켰다. 어제 저녁에 중환자실을 나온 기억이 났다. 다시 중환자실에 들어가고 싶지 않았다. 나는 그녀의 손을 잡으며 말했다. 나중에요, 나중에 갈게요, 머리가 너무 아파 안 되겠어요. 그래 그럼 다른 사람이랑 가야겠네, 넌 좀 더 자. 그녀가 다른 이를 깨우는 소리를 들으며 눈을 감았다. 현우를 잠시 생각하다 나는 이마에 손을 얹었다. 잠이 쏟아졌다. 나를 다시 깨운 건 고경아의 비명 같은 외침이었다.

죽었어, 어떡해.

온몸을 비틀며 울고 있는 그녀의 모습이 눈에 들어왔다.

결국 쓰러진 지 이틀 만에 그는 죽었다. 비는 그치지 않고 내렸고 병원 영안실에 빈소가 차려졌다. 그의 아내는 그렇게 소원하던 작가도 끝내 되지 못하고 갔다며 애달프게 울었다. 그의 영정 앞에서 이제 상주가 된 초등학교 일학년짜리 아이가 뛰어다니고 있었다. 항상 손님이 넘쳐나는 집에서 살았던 그 애는 사람들과 친했다. 술상 앞에 모여 있는 사람들 사이를 넘나들며 장난치고 인사를 했다. 그런 아이의 손을 잡고 눈물을 흘리는 이도 있었다. 머리가 깨질 듯 아팠지만 나는 술상 앞에 앉아 앞사람이 따라 주는 소주를 홀짝홀짝 들이켰다. 급하게 술잔 드는 나를 아무도 말리지 않았다. 그런 내 모습은 사람들 눈에 당연하게 비치리라 생각했다. 그들 속에, 그 넘치는 슬픔의 하나로.

취했다. 나는 자리에서 일어나 외진 곳으로 가서 술잔을 만지작거렸다. 외떨어져 바라보는 사람들 풍경은 혼자가 아니었다. 나만이 혼자인 듯했다. 새벽 빗소리 속에서 사랑을 나누던 현우는 다른 이들과 어울리고 있었다. 우리의 사랑을 아무도 몰랐다. 그렇다. 그리 애달프고 서러운 사랑도 아니다. 남들이 감동할 그런 사랑은 더욱이 아니었다. 나는 삶 곁에 항상 물뱀처럼 기어 다니며 꿈틀대는 슬픔을 예감하고 있었다. 내가 사랑의 종말을 느끼는 것처럼 죽은 이도 죽음의 손길을 예감했을까.

나는 현우와 이별할 것이다. 이 슬픔의 예감을 그대로 받아들일 것이다. 나는 술잔을 만지작거리며 아직도 울고 있는 고경아를 쳐다봤다. 그녀는 슬픈 것일까. 그녀 곁에 갑작스러운 남편의 죽음을 맞은 여자가 망연자실 앉아 있다. 입안에 소주를 털어 넣었다. 울컥, 소주가 더 들어가지 못하고 입 밖으로 나왔다. 얼른 종이컵을 들이대 소주를 받아냈다. 그리고 얼굴 들어 주위를 둘러보았다. 지금 이 시각, 이곳에 자연스러운 모습의 사람들이 어울리는 손짓으로 술잔을 나누고 있었다.

내 빈 잔에 술을 채워 줄 사람을 찾아보았지만 아무도 없었다. 나는 내 잔에 술을 따르려다가 검정 원피스에 술을 쏟았다.

아침에 고경아는 내 검은색 원피스를 가리키며 말했다. 집에 안 갔다 와도 되겠네, 문상객 옷차림이야. 그녀는 내 옷차림을 욕하고 싶었을 것이다. 나는 가방에서 손수건을 꺼내 원피스에 쏟은 술을 닦아 냈다. 그치지 않고 내리는 창밖 빗줄기를 바라보며 소주를 들이켰다. 잔을 드는 내 손이 약간 떨렸다. 갑자기 외떨어져 술 마시는 내가 슬프다는 생각이 들었다. 죽어 버린 남자가 뚜벅뚜벅 걸어와 내게 말을 걸어줄 것만 같았다. 이영주 씨, 또 혼자서 술 마셔요? 이런, 사람들이 많은 곳으로 갑시다. 내 팔을 잡아끌어줄 것만 같다.

고개 들어 주위를 둘러보다 아무 말 없이 실눈을 뜨고 웃고 있는 영정 속 남자의 시선과 마주쳤다. 히죽 남자를 따라 웃어 봤다. 웃는데 눈물이 흘렀다. 손으로 입을 막았다. 가슴속에서 슬픔이 차올라 입 밖으로 흘러나왔다. 나는 낮은 울음소리를 내며 흐르는 눈물을 감미롭게 음미했다.

붉은 뼈

낯선 자들 사이에 누운 내가 보인다.
살갗은 진창과 페스트로 썩고 있고
머리와 겨드랑이에 구더기들이 우글대고
심장에는 더 살진 구더기 떼들이 기어 다닌다.
나는 그곳에서 죽었을지도……
끔찍한 일깨움! 나는 비참함을 증오한다.
- 랭보, 「이별」 중에서

　여자는 처음 내게 뼈 이야기를 해주었다. 바람이 부는 날이
었고 나는 몹시 허기가 졌다. 불면의 밤, 끊임없이 무언가를
먹어도 돌아서면 배가 고팠다. 동이 트기 시작할 때면 나는 입
가를 손으로 아무렇게나 훔치고 양치질도 하지 않은 채 침대
에 쓰러져 잠이 들었다.

밤새워 먹은 음식 찌꺼기가 부패하기 시작한 입안은 텁텁하고 썩은 내가 고여 내쉬는 숨조차 역겹게 느껴졌지만 가까스로 찾아온 잠에서 빠져나오기란 고통에 가까운 것이었다. 언젠가는 거실 소파에 쓰러져 잠이 들었다가 굴러떨어져 테이블 모서리에 머리가 찢어진 적도 있었다. 잠결인 듯 눈을 뜨면 아직 환한 대낮이었고 나는 더부룩한 속을 손으로 쓸어내리며 냉장고 문을 열고 베이컨과 식빵 따위를 게걸스럽게 입안에 밀어 넣곤 했다. 그러다 문득 생각이 난 듯 차 열쇠를 챙겨 강변도로나 자유로를 드라이브했다. 자동차의 속도를 높이고 액셀러레이터를 힘껏 밟아 어둠에 먹혀들어 가는 주변 풍경을 보노라면 모든 게 단순해지고 편안해졌다.

그날도 여느 날과 다르지 않았다. 질주 뒤에는 항상 극심한 배고픔이 뒤따랐고 나는 피에 굶주린 이리처럼 즐비하게 늘어선 음식점들을 기웃거렸다. 바람 때문이었을까. 휘장처럼 펄럭이는 검은 천들이 아우성을 쳐대며 흰 글씨들을 날리고 있는 것이 마치 장의사 간판처럼 느껴졌다. 물고기자리. 테이블이 네 개에 불과한 일식집이었지만 은은한 조명 아래 정갈한 복장의 주방장은 익숙한 손놀림으로 연어와 광어 살점을 밥 위에 얹어 초밥을 만들고 있었다. 좁은 실내를 넓어 보이게 하려는지 한쪽 벽면이 모두 거울이었다. 한꺼번에 초밥 이 인분을 시키고 털썩 의자에 앉자 그때야 고개를 숙이고 양손을 받쳐 묽은 장국을 마시고 있는 여자가 눈에 들어왔다. 구석진 자리에 앉아 국물을 홀짝이고 있는 여자는 몹시 허기지고 추워 보였다. 집에서 급히 나왔는지 얇은 스웨터를 걸치고 길게 늘어뜨린 머리는 흐트러져 있었다. 아마도 그래서였을 것이다. 여자가 너무 추워 보여서 괜찮으세요, 말을 건넸고 그녀는 한쪽 입꼬리를 올리며 울듯 미소를 지었다.

제가 재미있는 얘기 하나 해드릴까요? 초밥을 나눠 먹던 여자가 자신의 목걸이를 보여주며 은밀히 말했다. 이건 청동으로 만든 물고기 뼈예요. 구리와 주석을 녹여 식기 전에 뼈에 입혔다는데 지니고 있으면 새로운 생명을 얻을 수 있대요. 아이를 갖는 게 소원이거든요. 다리 사이로 붉은 피를 죽죽 쏟아내고 사 개월 된 사내아이를 긁어낸 뒤로는 아이를 가질 수 없게 됐어요. 여자의 입에서는 푸르고 연한 바다 해초 냄새가 났다.

뉴기니의 원주민은 부모나 형제, 연인이 죽었을 때 죽은 자의 영혼을 위로하기 위해 자기 손가락 뼈마디를 돌칼로 자른대요. 죽은 자의 아픔을 같이 느낀다는 의미겠죠. 잘린 뼈마디는 귀한 헝겊에 곱게 싸서 소중히 보관하는 풍습이 아직 남아 있나 봐요. 산 자의 뼈를 죽은 자의 영혼에 바치려는 신성한 의식이라나. 물고기 뼈도 마찬가지래요. 죽은 자의 혼도 불러 올 수 있는 주술성이 있다던데.

헤어지기 전 여자는 푸른 천에 싼 뼈 하나를 내밀었다. 도미의 머리와 등뼈 부분이었다. 작은 도끼 모양으로 한쪽에 눈알처럼 구멍이 뚫려 있고 투명한 얇은 막에 치자빛으로 옅은 황색이 기묘하게 뒤얽혀 있었다. 뾰족한 끝을 잡고 혀끝에 가져다 대니 비릿한 맛이 났다. 깊은 해발의 바닷속을 자유롭게 헤엄쳤을 그것은 이제 아가미를 뜯기고 지느러미와 비늘을 잃은 채 형체를 알아볼 수 없는 비밀로 남아 버렸다. 여자를 집으로 데려온 것은 순전히 그 역겨운 비린내 때문이었다. 아무데도 갈 곳이 없을 것 같았다. 청동 뼈를 목에 걸고 소중한 보물처럼 물고기 뼈를 간직한 여자가 갈 곳이 있기나 할까. 여자와의 동거는 그렇게 시작되었다.

잠들지 못한 엄마는 언제나 거실이나 방 안을 서성인다. 늦은 밤, 침대 맡의 스탠드 전원을 끄고 눈을 감으면 어김없이 거실에서 저벅저벅 발소리가 들려온다. 거실 등을 내리고 오촉짜리 붉은 전구만을 켜놓은 채 엄마는 밤새도록 좁은 거실을 일정한 보폭으로 맴돌 것이다. 무릎 연골의 뼈가 닳아 인공 뼈를 넣은 수술을 한 후 엄마는 저녁이면 앉아 있을 수 없을 정도로 다리가 저리고 쑤신다고 했다. 어느 밤에는 피부밑으로 벌레가 북북 기어 다니며 무릎을 뜯어 먹는다고, 이러다 뼈까지 야금야금 갉아 먹고 말 거라고 엄마는 중얼거리듯 말했다.

불면으로 밤을 꼬박 새우며 거실을 서성이던 엄마가 내 방까지 들어와 침대 곁을 맴돌자 나는 병원을 찾았다. 엑스레이를 찍고 혈액 검사 심지어 뇌파검사까지 했지만 엄마는 아무 이상이 없었다. 낮에는 멀쩡하던 다리가 저녁에 잠들려고 침대에 눕거나 앉으면 근질근질 소름이 끼쳐온다고 했다. 쥐나듯 조여 오던 다리가 불에 댄 것처럼 화끈거리고 벌레가 피부밑을 기어 다니는 느낌이 들면 미치겠다고, 차라리 다리를 잘라버리는 게 낫겠다고 방 안을 맴돌며 토해내듯 말했다.

그래서일까. 엄마는 여자가 차린 식탁을 한 번도 받아보지 못했다. 불면의 밤을 괴롭게 보낸 엄마가 곤히 잠에 빠져드는 시간, 여자는 정성 들여 나물을 무치고 호박전을 부쳤다. 기름 두른 전을 좋아하는 엄마를 위한 배려였다. 셋이서 한 식탁에 앉아 밥을 먹어 본 적이 없는 것이 신기할 정도였다. 하긴 여자와 단둘이서 식탁에 둘러앉아 본 적도 없었으니까. 항상 그녀가 차려놓고 나간 식탁에 앉아 혼자서 허겁지겁 밥을 먹곤 했다. 밤이나 새벽에 깨어 집 안을 유령처럼 맴돌던 엄마는 어느 날부터인가 무언가 먹기 시작했다.

검붉은 엄마의 입속. 그녀의 입속은 어둠 속에서 검고 붉게 물들어간다. 벽장 속 먼지와 어둠을 갉아먹고 자랐을 것만 같은 붉은 덩어리들을 꾸역꾸역 삼킨다. 조심스럽게 홍시 껍질을 벗겨 내려갈 때의 엄마는 마치 온 생애의 비밀을 알고 있는 듯한 얼굴을 하고 있다. 누군가에게 들켜선 안 되는 큰일을 치르듯 서두르면서도 천천히, 조심스럽게 감 껍질을 벗긴다. 주술을 걸듯 은구슬을 손에 든 마녀처럼 엄마는 얼굴 가까이 홍시를 들고 손톱 끝으로 능숙하게 투명한 얇은 막을 벗겨내는 것이다. 죽어가는 늙은이의 검버섯처럼 군데군데 검은 점이 박혀 이제 부패해 들어가기 시작한 붉은 살덩이 같은 홍시 껍질을 벗겨내고는 꾸역꾸역 입안에 밀어 넣는다.

괴저병 걸린 살덩이 같은 그것을 씹지도 않고 통째 삼켜 버리듯 급하게 입속에 넣고는 입가를 손등으로 쓱 문지른다. 어둠 속에서 손등은 핏물에 젖어 들듯 녹아들고 엄마는 아직 입안에 남아 있는 말캉한 감을 다 삼키지도 않은 채 혓바닥으로 오래도록 손가락과 손등을 핥아 먹는다. 그러다 문득 눈을 들어 주방 한쪽에 걸린 거울 속에 비친 얼굴을 들여다보며 한참을 움직이지 않았다. 살이 올라 퉁퉁 부은 손가락들이 어두운 동굴 속으로 빨려들어 사라질 것만 같아 나는 알 수 없는 조바심으로 거울 속의 그녀를 숨죽이며 훔쳐보곤 한다.

집 안 곳곳에 거울을 걸어놓기 시작한 것은 엄마가 다리 수술을 하고 목발을 짚고 돌아온 후부터였다. 절뚝거리는 불편한 다리로 시장에 다녀온 엄마의 손에는 비닐봉지와 벽 거울 세 개가 들려 있었다. 거울을 집 안 곳곳에 못질해 걸고는 검정 비닐봉지 속에 든 홍시를 꺼내 하나하나 정성 들여 닦은 후 비닐 랩을 씌워 냉동실 한쪽에 차곡차곡 쟁여놓았다. 그리고 모두가 잠든 한밤중이나 새벽녘 작은 등을 켜놓고 그것들을 꺼내 먹었다. 어느 날인가는 어둠 속에서 냉동실 문을 열어놓은 채 무언가를 삼키고 있는 엄마와 눈이 마주친 적이 있었다. 귀한 것을 빼앗기지 않으려는 듯 서둘러 입안에 밀어 넣고 거울 속을 들여다보는 그녀의 눈동자는 흔들리고 있었다.

왜 엄마는 짙은 어둠 속에서 붉은 덩어리들을 자꾸 삼키는 것일까. 언제인가부터 나는 물컹하게 잘 익은 홍시를 입에 대지 않게 되었다. 식탐이 무섭게 늘어가는 엄마가 한밤중이나 새벽, 냉장고 문을 여닫을 때마다 나는 혼곤한 잠속에 빠져 있다가도 악몽을 꾸듯 온몸을 뒤척였다. 꿈속에서 검은 옷을 입은 사람들에게 쫓기다가 뒤돌아보면 목발을 짚은 엄마가 어느새 작은 방울을 흔들며 서 있다. 구슬픈 상엿소리처럼 딸라앙딸라앙 울리는 방울 소리가 처량하고 슬퍼서 나는 그 자리에 멈춰선 채 눈물을 뚝뚝 흘리다가 땀에 흠뻑 젖어 잠에서 깨어나곤 한다.

죽은 이의 꽃상여. 상여꾼들의 노랫소리가 동리 밖 다리 위를 건널 때까지 엄마는 눈을 부릅뜬 채 지팡이를 짚고 위태롭게 서 있었다. 여자들은 상여 뒤를 따를 수 없다는 할아버지의 명령 때문이었다. 그것은 엄마를 향한 것이었다. 하나뿐인 독자 아들을 잡아먹은 며느리, 결혼 오 년 만에 멀쩡히 잘 지내던 아들이 쓰러져 버린 것이다. 엄마는 울지도 않고 벌겋게 충혈된 눈을 뜨고 상여에 피어난 희고 붉은 꽃들을 노려보았다. 다섯 살, 어린 나는 엄마 치마 뒤에 숨어 흰옷 입은 상여꾼들을 구경하며 상여를 장식한 조악한 종이꽃들이 바람에 날리는 소리를 듣고 있었다. 파르르 바람에 떨리는 꽃들은 거대한 장난감 같았고 흰 고깔모자를 눌러쓰고 상여를 번쩍 드는 남자들은 마치 재미난 장난을 시작하는 듯 보였다. 나는 할아버

지가 무서웠지만 상여를 어깨에 멘 장정들이 발걸음을 떼기
시작하자 얼른 그들의 뒤를 폴짝이며 쫓아갔다.

앞선 사람의 운율에 맞춰 노랫가락이 흘러나왔다. 이제 가
면 언제나 오나…… 북망산천이 멀다더니 문턱 밑이 북망 일
세…… 깨금발을 옮기며 나는 고무줄을 하듯 폴짝폴짝 상여
뒤를 따랐다. 앞서 가던 상여가 멈춰 서며 어쩔끄나 어쩔끄
나 불쌍해서 어쩔끄나 명사십리 해당화야 꽃 진다고 서러마
라……. 제자리에 멈춰선 채 한동안 움직이지 않자 나도 그 자
리에 서서 멀뚱히 주위를 둘러보았다.

뒤를 돌아보자 저 멀리 다리 건너 엄마가 장승처럼 서 있는
게 보였다. 점점이 흩어져 있는 사람들과 떨어져 미동 없이 서
있는 엄마를 보자 돌아가고 싶다는 생각이 들며 비죽비죽 울
음이 비어져 나왔지만 나는 어쩐 일인지 발걸음을 떼어 놓을
수가 없었다. 엄마에게 뛰어 돌아갈 수도 있었을 텐데 상여꾼
들의 노랫소리를 고스란히 듣고 서 있었다.

아깝도다 아깝도다 인생일생 춘몽이드냐 에헤야 넘자 넘
어…… 나는 가네 나는 가네 북망산천으로 나는 가네…… 나
는 바람결에 떠도는 노랫소리에 홀린 듯 꽃상여를 따라 산 위
까지 올라가 불길에 휩싸인 꽃들이 소리 없이 타오르는 것을

보았다. 꽃상여는 불길에 던져져 화르륵 꽃들을 떨구었다가 꿈틀대며 울긋불긋한 빛들을 다시 피어 올렸다. 한낮의 화염은 투명한 금빛으로 타오르며 희고 붉은 꽃들을 수없이 토해내고 나는 질금질금 오줌을 지리면서도 그 모습을 끝까지 지켜보았다.

집 안 곳곳에 남자의 부재가 균열처럼 느껴졌지만 나는 상관없었다. 아니 그건 상관할 수 있는 성질의 것이 아님을 애초부터 알았기에 어린 나이였지만 아빠를 찾으며 울거나 하는 어리석은 짓 따위는 하지 않았다. 초등학교 삼학년 때 나는 벌써 두꺼비집 퓨즈를 갈아 끼울 수 있게 되었고 싱크대 배수관이 막혔을 때 간단히 뚫는 법을 익혔으며 형광등 갈아 끼우는 것 정도는 아무것도 아니었다. 무거워 옮길 수 없는 것들은 그 자리에 그대로 둔 채 사용하면 되었고 한쪽 문짝이 떨어져 나간 싱크대 못질이 어려울 때는 드라이버를 이용해 마저 떼어 내면 그만이었다. 불편과 결핍이 묵은 때처럼 일상에 내려앉아 있었지만 슬프지는 않았다.

가장이었던 엄마는 어떤 일이든 해야 했으므로 나는 투정부릴 대상도 없는 집 안에서 엄마가 내주고 간 그림책 숙제를 하거나 그도 심심해지면 화장품을 꺼내 얼굴에 바르며 놀았다. 그러다 배가 고파지면 구멍가게로 달려가 봉지에 든 가루 주스를 사 왔다. 포도 맛, 사과 맛, 딸기 맛의 가루 주스를 유리 병에 넣고 수돗물을 가득 부어 양손으로 흔들면 간단히 한나 절 군것질거리를 해결할 수 있었다. 쿨럭쿨럭 목울대를 타고 넘어가는 소리도 듣기 좋았지만 검붉게 물든 입가와 혓바닥 을 내밀어 거울 속을 들여다보며 시간을 보내기는 더없이 좋 았다. 나는 아흔아홉 살 먹은 노파처럼 느리게 시간을 유영하 는 방법을 터득해나갔고 생에 대한 기대보다 체념을 먼저 배 웠다.

내게 아버지의 존재를 일깨우는 사람은 오히려 엄마였다. 유년시절 기억 속의 엄마는 항상 무언가를 사 들고 들어왔는 데 그건 사이다나 콜라 오란씨 같은 탄산음료였다. 일이 끝나 저녁에 들어오는 엄마 손에 들린 것은 과일이나 통닭이 아닌 음료수병이었다. 늦은 저녁 불을 켠 채 잠들어 있는 나를 흔들 어 깨우고 엄마는 유리컵을 내밀었다. 나는 졸린 눈을 두 손으 로 비비며 엄마가 따라준 탄산음료를 삼켰다. 저녁도 거른 빈 속을 훑고 지나는 톡 쏘는 찌릿한 느낌은 위장을 마비시키는 듯 따끔거리기까지 했다.

속이 다 풀리는 거 같지 않니. 그렇지?

자다 깬 내가 탄산음료를 보약 삼키듯 마시고 나면 엄마는 꼭 물었다. 나는 건성으로 으응 대답을 하고 자동인형처럼 쓰러져 눈을 감았다. 그제야 엄마는 새 컵으로 음료를 가득 따라 갈증 난 속을 달래듯 벌컥벌컥 들이켰다. 휴, 이제야 살 것 같다. 고단한 하루가 한잔의 음료로 씻겨 나가기라도 한 듯 엄마는 안도의 한숨을 내쉬었다.

오늘 하루를 어떻게 보냈느냐, 학교에서 별일은 없었느냐, 밥은 먹었느냐고 엄마는 묻지 않았다. 탄산음료를 건네지 않는 날이 있는데 그런 날은 엄마가 술을 마시고 늦게 들어오는 날이다. 엄마는 술에 취해 들어와 노랫가락을 흥얼거리며 자는 나를 껴안고 금쪽같은 내 새끼라며 입을 맞추다가 간지러운 듯 큭큭 거렸다. 사레 걸린 듯 한번 터진 웃음의 끝은 꼭 흐느끼는 울음으로 끝났는데 웃음과 울음은 언제나 쌍둥이처럼 닮아 있었다. 엄마가 술에 취해 나를 금쪽같다고 할 때면 잊고 살았던 아버지가 떠올랐다. 사진 속에서 영원히 늙지 않을 젊은 청년의 아버지는 어린 내 가슴속에서 그렇게 시퍼런 독초처럼 살아나고 있었다.

여자는 거의 음식을 입에 대지 않았다. 엄마와 나를 위해 장을 보고 냉장고를 채우고 지글지글 올리브유를 둘러 음식을 장만해 식탁을 차리면서도 기름 냄새가 싫다고 했다. 새 모이만큼 적은 양을 먹는 여자는 양껏 무언가를 삼키고 나면 어김없이 토하고 만다고, 내 속의 장기들은 이미 내 것이 아니라고 쓴웃음을 짓곤 했다. 그런 여자가 하루도 빼놓지 않고 끼니 대신 먹는 것이 있는데 그건 홍차와 코코아였다. 뜨거운 물이나 우유에 코코아 가루를 타서 약한 불에 사 분 정도 더 끓였다. 어느 때는 고운 분말 가루를 입안에 그냥 털어 넣기도 했다.

단것을 먹으면 온몸이 나른해지거든. 양수 위를 떠도는 것처럼 편안해지면서 슬퍼지는 게 꼭 살고 싶게 만드는 묘약 같아. 중세의 연금술사가 휘휘 젓고 있던 불로장생의 액체가 실은 이것이 아니었을까. 홍차의 붉은빛도 나를 미치게 해. 어쩌면 나는 이 빛깔을 마시는지도 몰라. 먹물처럼 붉게 퍼져가는 얼그레이의 찻잎을 보고 있으면 깊은 우물 속에 빠진 것처럼 아득해진다니까.

여자를 만난 뒤로 나는 가끔 꿈을 꾸었다. 대형 수족관 속에서 아가미로 숨을 쉬며 지느러미로 헤엄쳐 다니는 꿈. 바닥에는 자갈과 모래가 깔렸고 나는 수초 속을 헤치며 힘들게 앞으로 나아갔다. 무슨 말인가 하고 싶었지만 소리가 되어 나오지 못했고 수족관 밖에는 나를 안타깝게 바라보고 있는 여자가

서 있었다.

여자를 처음 본 것은 물고기자리에서가 아니었다. 뿌연 수증기를 덮어쓴 거울 속, 천장에 맺혀 있던 물방울이 똑똑 떨어져 내리는 탕 속에 여자는 죽은 듯이 앉아 있었다. 이제 막 문을 연 새벽녘의 목욕탕은 사람 하나 없이 고요했다. 누군가 선하품을 깨물며 슬리퍼를 질질 끌고 나와 큰 솔로 바닥을 밀고 뜨거운 물을 틀어 탕 속을 채웠을 텐데도 손님이 오기를 기다렸다가 몸을 감춘 것처럼 조용했다. 탈의실 쪽에 틀어놓은 텔레비전에서는 이제 막 잡아 올린 그물 속의 퍼덕이는 은갈치 떼들을 보여주고 있었다.

나는 일별하듯 주위를 둘러보고 서둘러 옷을 벗고는 유리문을 밀고 들어섰다. 샤워기를 틀어 비누칠하고 미끄러지듯 물속에 들어가자 여자가 있었다. 뜨거운 물에 얼굴이 잠길 정도로 몸을 담근 여자는 한동안 미동도 없이 허공을 응시했다. 나는 거울 속에서 그녀의 눈길을 쫓으며 멈춰 있는 커다란 벽시계를 바라보았다. 몇 주 전에 죽어버린 시계는 아직 깨어나지 않고 같은 숫자를 가리키고 있었다. 똑똑 물방울 떨어지는 소리가 들리고 여자가 몸을 일으켜 탕 속을 나갔다.

그녀의 알몸이 수증기가 가신 거울 속에 가득 담겼다. 몸의 멍. 여자의 알몸 곳곳에 멍이 선명했다. 처음 만난 여자를 선명히 기억하는 것은 그녀의 흰 몸뚱이에 새겨진 보랏빛 멍 때문이다. 그녀의 가슴, 검붉은 보랏빛 반점이 머물던 곳. 살에 대한 기억. 도대체 여자가 무엇이건대…… 나는 여자를 모르던 그때로 돌아가고만 싶다.

여자가 약을 먹는 것을 알게 된 것은 그녀와 산 지 보름이나 지난 후였다. 그녀는 아무도 없을 때 남몰래 주방에 나와 약봉지를 뜯고 희고 붉은 알약을 입안에 털어 넣었다. 재수를 하던 스무 살 여름에 처음 우울증을 앓았다고 했다. 짙푸른 녹음이 낀 가로수 길을 걷다가 불현듯 죽고 싶었다고, 눈에 띄는 패스트푸드점 화장실에 들어가 가방 속에 들어 있던 커터 칼로 손목을 그었던 게 시작이라고, 몹쓸 병처럼 여름이면 어김없이 자살 충동이 찾아온다고 했다.

십 년째야, 이건 내게 비타민제와 똑같은걸.

피식 웃으며 말했지만 그 뒤 여자는 병원에 가려 하지 않았다. 이제 약 없이 버텨볼 거야. 그녀가 복용해온 약이 단순한 항우울제가 아님을 나는 그녀의 발작 같은 울음에서 알 수 있었다. 몇 주 약을 먹지 않고 버티던 여자가 또다시 욕실 거울을 깨뜨려 거울 조각으로 손목을 그었을 때 나는 그녀가 다니던 신경정신과를 찾아가 약을 타왔다. 그녀의 손목에 생채기가 늘어갈수록 나는 여자를 떠날 수 없었다.

지난겨울 눈 오는 바다를 보고 싶다는 여자와 기차에 오른 적이 있었다. 여자는 어릴 적 아빠와 함께했던 유일한 추억이라며 열차에 대한 로망이 있다고 했다. 네 살, 이었나. 무슨 일인지 몰라도 아빠와 단둘이 기차를 타고 눈 내리는 대관령을 넘은 적이 있다고, 삶은 달걀을 까주는 아빠의 투박한 손이 몹시 자상했다고 했다. 그때 나는 여자의 손을 꼭 잡아주었다. 항상 그랬어. 나에겐 추억인데 남들에겐 슬픔이 되어 버리고 말더라. 해 질 녘 창밖 풍경은 이제 명암을 드러내고 있었다.

역방향의 풍경들 말이야. 남들은 어지럽다고 싫어하지만 나는 더 오래 남아서 좋아. 내게서 멀어지는 게 아니라 시야에 더 오래 남아 있잖아. 마음속에 오래 남는 풍경들. 제대로인거 보다 항상 오래 기억되잖아.

그날 바닷가 민박집에서 여자는 떠난 남자를 이야기했다. 스물둘에 만나 칠 년을 사랑한 남자였다.

참혹해 봤어? 참혹해봤냐구? 누군가를 그렇게 사랑해봤냐구?

여자의 말에 나는 그 어떤 대꾸도 하지 못했다. 여자의 눈은 이제 나를 향해 있지 않았다. 먼 곳을 향한 텅 빈 눈. 그 눈을 붙들고 싶은데 어찌할 수가 없다. 사랑이라니, 여자의 입에서 사랑이라는 단어가 나왔다는 사실이 너무 낯설고 무섭다. 그건 마치 죽겠다는 말보다 더 나쁘다. 여자가 연애에 목을 매고 있다니. 여자가 사랑을 하고 있다니, 그것도 참혹할 정도로 누군가를 사랑해 봤냐니. 갑자기 심장에서 붉은 피가 솟구쳐 오르듯 온몸을 뜨겁게 역류했다. 어디서부터 잘못된 건지 모르겠다. 여자는 내게 뼈를 내밀어서는 안 되었다. 그런 식으로 남의 삶에 함부로 끼어드는 게 아니었다.

직립 동물 최초의 기억이 이런 것이 아니었을까. 이별한 누군가가 그리워지는 것. 나는 갑자기 세상이 너무 재미있기만 하다.

"삶은 하도 마술 같아서……."

남자는 그 말을 끝으로 떠났다. 하도 마술 같은 생이어서 떠나야만 한다는 것인가. 그는 나를 사랑하기나 한 것일까. 그러고 보니 한 번도 남자에게 사랑한다는 말을 들어보지 못한 것 같다. 왜 그랬을까. 그를 만나는 오랫동안 사랑한다는 고백을 들어보지 못했는데도 그가 떠날 거라는 생각은 하지 않았다. 사랑한다는 말을 서로 하지 않았기에, 고백이 없으니 약속 같은 것이 있을 리 없었다.

그래서였을 것이다. 언젠가는 깨어지게 되어 있는 것이 약속이니까, 그런 약속 따위를 하지 않았으니까, 남자와의 사랑은 아프지 않았다. 사랑한다, 사랑한다, 그가 그렇게 달콤하게 한 번이라도 속삭였더라면 아마도 내가 먼저 남자를 떠났을 것이다. 사랑은 아프기 마련이라는데 나는 남자를 사랑하지 않은 것일까. 남자는 내게 어떤 존재였던가. 그를 생각하면 항상 허기가 지고 가슴이 저렸다. 사랑한다고 말했더라면 그를 이토록 기억할 이유도 없었을 것이다.

긴 터널, 산등성이를 깎아지른 끝이 나지 않을 것 같은 육십령터널. 언제쯤 끝이 날까. 터널 속으로 들어서자 어디선가 뿔피리 소리가 또다시 들려오기 시작했다. 이상하게도 터널을 지날 때면 뿔피리 소리가 들려오곤 했다. 뜨겁게 내리쬐는 햇볕이나 어둠에 지칠 때면 눈앞에 검은 아가리를 벌리고 있는 터널이 보였다. 폐활량 조절이라도 하듯 숨을 몰아쉬고 눈을 감았다 뜨면 반대편에서 은색 가면을 쓴 누군가가 뿔피리를 손에 들고 천천히 걸어왔다. 불빛에 드러난 표정 없이 굳어버린 은색 가면의 그는 자동차의 속도에 의해 온몸이 잘려 나가듯 휙 스쳐 지나갔지만 그 뒤를 뿔피리 소리가 따라왔다. 집요하게 따라붙는 그 소리는 머리끝을 잡아당기며 온 신경을 파고들어 심장을 긁어댄 후에야 끝이 났다.

눈을 감고 다시 떠도 어두운 터널 속. 이승과 저승이 맞닿아 있기라도 하는 걸까. 좀처럼 끝나지 않을 것 같은 터널을 빠져나오자 또다시 안개가 시작되었다. 지독한 안개였다. 고속도로 위, 야광으로 불빛이 박혀 있는 것이 보였다. 고양이 눈이라고 해. 그도 같은 생각을 한 것일까. 묻지도 않았는데 불쑥 말을 하고는 입을 다문다.

고양이 눈이 깔린 밤의 고속도로. 어둠을 먹어버린 헐벗은 산들이 떼를 지어 스쳐 지나가고 별 하나 없는 밤하늘이 뻥 뚫린 동공처럼 까맣게 열려 있다. 하늘과 연결된 전봇대 위 엉킨 전깃줄이 마치 교회 십자가를 연상시켰다. 저토록 많은 하얀 십자가라면 구원을 가져다줄 수도 있지 않을까. 죽음 말고 또 다른 구원이 있기나 할까. 나는 마치 거대한 공동묘지 속으로 들어가는 듯 으슬으슬 온몸이 떨리기 시작해 그의 한쪽 소매를 꽉 거머쥐었다.

자동차로 다섯 시간을 달려 도착한 바닷가 민박집은 손님이 하나도 없었다. 성수기를 넘겼다지만 적막할 정도로 고요해 오히려 거북할 정도였다. 양손에 파리채를 들고 허공을 긋고 있는 늙은 여자 뒤로 임신한 며느리는 무거운 몸을 움직일 때마다 연신 가쁜 숨을 몰아쉬었다. 무릎이 깨진 그녀의 어린 딸은 잠이 오는지 칭얼거리며 치맛자락을 쥐고 놓지 않았다. 만삭의 몸. 여자는 겨울이 오기 전에 이곳 바닷가에서 산란기를 맞은 은백색의 숭어 떼와 함께 먹물 같은 비명을 토해내며 몸을 풀 것이다. 어쩐 일인지 사내들이 보이지 않는 민박집에서 손이 굼뜬 여자가 끓여주는 매운탕에 늦은 저녁을 먹고 우리는 이 층 객실로 올라갔다.

창문 밖으로 바다가 손에 잡힐 듯 가깝다는 것 말고는 별 특징이 없는 방이었다. 중앙에 놓인 한 자짜리 나무장은 입관을 앞둔 관을 세워놓은 듯했고, Gold Star 상표가 붙어 있는 낡고 오래된 라디오는 한쪽 구석에서 먼지를 뒤집어쓴 채 버려져 있었다. 칙칙한 장식장 위에 놓인 텔레비전과 둥근 은색 쟁반 위 플라스틱 빨간 컵이 두 개, 양은 주전자가 놓여 있을 뿐, 그 흔한 달력 하나 걸려 있지 않았다. 창문에 쳐진 꽃무늬 날염 커튼이 유일한 사치로 느껴지는 방을 둘러보는 내게 그는 담배를 꺼내 물며 변명하듯 말했다. 파도 소리를 가장 잘 들을 수 있는 방이야.

까마귀 울음이 잠을 깨우는 새벽. 멀리서 뱃고동 소리가 들려왔다. 꿈속에선가 방문 닫히는 소리를 들은 것도 같았는데 어느새 들어온 그가 내 옆에 몸을 뉘었다. 훅, 비릿한 바다 냄새가 잠결을 어지럽혔다. 찬 서리 내려앉은 새벽 바다를 거닐었는지 돌아눕는 그의 몸이 차다. 물속에라도 들어갔는가. 내 속으로 파고드는 그의 온몸이 모래가 묻어 꺼끌꺼끌하다. 나는 혼곤함 속에서 그를 밀쳐내려 자꾸만 몸을 비틀고 그는 거칠고 성난 파도처럼 나를 덮쳐 왔다. 물안개에 덮여 밤새워 뒤척이던 바다가 몸을 풀고 있는 시간, 멀리 방파제 너머 까마귀 떼들이 깍깍 울음을 떨어뜨리며 떠나지 않았다. 그날 그는 내 몸 구석구석에 멍을 남겼다. 왜 그리 아프게 파고들었는지 쉽사리 내 몸에서 사라지지 않던 보랏빛 멍. 처음 시퍼렇게 남아 있던 멍은 며칠이 지나자 보랏빛 열꽃으로 피어올랐다.

해 뜨기 전의 바다. 민박집 사내가 알선해준 배를 타고 바다 한가운데로 나갔지만 나는 뱃멀미 때문에 작은 선실에 누워 있어야 했다. 정박해 있던 배는 엔진을 켠 채 클클 코를 골았고 소금기 섞인 기름 냄새에 머리가 지끈거렸다. 우리 말고도 낚시를 하는 사람이 네 명 더 있어서 약속한 시각이 지나기 전에는 뭍으로 돌아갈 수도 없었다. 작은 선실의 열린 창으로 돌아앉은 그의 모습이 보였다.

그는 낚싯바늘에 미끼를 끼우고는 내 쪽을 걱정스레 돌아보곤 했다. 그리고 묵직한 고기를 건져 올릴 때마다 내 이름을 크게 불렀다. 나는 그의 목소리를 귓전으로 흘리며 기름 냄새에 코를 박고 허적허적 잠속으로 빠져들었다. 따가운 햇볕에 무거운 눈꺼풀을 뜨니 어느새 그가 내 곁에 누워 잠들어 있었다. 그의 온몸에 묻은 차가운 바다 냄새에 나는 비로소 안심하듯 숨을 몰아쉬었다.

우리는 고속도로가 아닌 국도변을 따라 달렸다. 터널을 돌아서 가자고, 그 끝도 없는 어둠 속 불빛이 숨 막힌다는 내게 그는 고개를 끄덕이며 말했다. 어디엔들 어둠이 없겠어. 어둠은 내게 익숙하고 걸치기 편한 낡은 옷 같은 것이었지만 역시 오래된 두려움이기도 했다.

아침 식사도 거르고 출발해 네 시간 넘게 자동차를 달리자 햇볕이 머리 꼭대기에서 맴을 돌며 뜨겁게 달아올랐다. 뭐라도 좀 먹자. 그가 자동차의 속도를 늦추며 주위를 둘러보았다. 이정표 하나 서 있지 않아 어디쯤인지 짐작할 수도 없었지만 우리 둘 중 누구도 지도를 펼쳐보려 하지 않았다. 저 멀리 강 쪽으로 억새가 부대끼듯 흔들리고 간판이 내려앉은 슈퍼 하나가 한낮의 열기 속에서 뿌연 먼지를 뒤집어쓴 채 무너지듯 서 있었다.

드문드문 인가가 보였지만 잡초가 무성한 폐가에 묻혀 사람이 살 성싶지도 않았다. 낭패한 얼굴로 주위를 살피던 그가 시동을 끄고 모자를 눌러 쓴 후 내게도 모자를 내밀었다. 차 뒤 트렁크에서 그는 아이스박스를 꺼내 들고 간단한 가방을 챙겨 산 위로 오르기 시작했다. 바람 한 점 없이 달구어진 열기를 걷어내듯 그는 발밑으로 나뭇가지들을 뚝뚝 부러뜨리며 걸어갔다. 크고 작은 바위를 지나자 가문비나무 두 그루가 서 있는 게 보였다.

작열하는 짙은 녹음이 이제 한풀 꺾인 산허리에는 폐허 뒤의 적막이 썩은 물처럼 고여 있었다. 그늘도 없이 듬성듬성 자란 잡초를 바라보며 잠시 서 있던 그가 입고 있던 점퍼를 벗어 땅 위에 깔아주었다. 나는 점퍼 위에 주저앉아 그가 아이스박스에서 아직 죽지 않고 아가미를 헐떡거리는 우럭 한 마리를 꺼내는 것을 지켜보았다. 회백색의 껍질에 흐리멍덩히 풀어진 눈, 가슴지느러미가 햇볕 아래 은색으로 번뜩였다. 그는 준비해온 작은 도마 위에 몸통을 잡은 우럭을 올려놓고는 커터 칼을 꺼내 들었다. 힘겹게 아가미를 벌리고 있던 물고기는 마지막 발악이라도 하듯 꼬리지느러미를 팔딱거렸고 그는 숨통을 조이듯 아가미를 벌려 칼로 찌르고는 뒤집었다. 이래야 피가 제거되거든.

몇 초가 지났을까. 그가 들고 있던 칼로 아가미를 자르고 등지느러미와 배에 세로로 칼집을 내듯 그었다. 배에서 꼬리지느러미까지 살이 잘려나갈 정도로 깊숙이 칼을 꽂고는 조심스레 칼질해나갔다. 다시 등지느러미에 칼을 꽂아 꼬리까지 내리긋는 그의 팔뚝에 퍼런 심줄이 불끈 솟아올랐다. 머리와 등뼈 내장이 쏟아져 나오는 것을 바라보며 나는 땀에 젖어 번들거리는 얼굴을 힐끔거렸다.

그는 언제 이렇게 날것을 잡아 봤을까. 가끔 바다낚시를 하는 그였지만 직접 회를 뜨는 것 같지는 않았다. 어디선가 날것의 피 냄새를 맡은 산짐승들이 다가올지도 모른다는 터무니없는 생각에 나는 뜨거운 햇살 아래 몸을 떨었다. 어느새 껍질을 벗겨내 듬성듬성 어슷썰기 한 피 묻은 살점을 내게 내미는 그의 얼굴에서 땀이 흘러내렸다.

가문비나무 아래 놀고 있던 산새들이 포로롱 날아올랐고 볕에 눈을 찔린 그가 얼굴을 찡그린 채 피 묻은 살점을 삼켰다. 날것의 비릿한 피 맛이 입안에 침과 함께 고여 들어 나는 작게 실눈을 뜨고 투명한 열꽃처럼 피어오르는 아지랑이를 노려보았다. 인적이 끊긴 산속, 사정없이 내리쬐는 햇볕에 온몸을 그을리며 바라보는 한낮의 시간은 정지된 듯 낯설었다.

문득 모든 게 사라져버릴지도 모른다는 두려움이 요의처럼 온몸에 차올랐다. 나는 터질 듯 부풀어 오르는 방광을 어쩌지 못하는 아이처럼 아직도 팔딱일 것만 같은 살점들을 우적우적 씹으며 붉게 타오르는 그의 얼굴을 자꾸만 쳐다보았다.

여자와 함께 살기 시작한 뒤부터 엄마의 식탐은 더욱 늘어만 갔다. 엄마는 여전히 벌레가 다리를 기어 다닌다며 한밤중 거실을 유령처럼 배회했고 여자와 나 몰래 붉은 감들을 꺼내 먹었다. 평생을 나 하나만 바라보고 살아온 의미가 없다고, 남편 없이 보낸 한평생이 어떤 것인 줄 아느냐고, 엄마는 날이 갈수록 포악해져 갔다. 그러다 어떤 날은 에구 불쌍한 내 새끼. 세상에 혼자 와서 참새 새끼처럼 혼자서 컸구나, 라며 어느 영화 속 대사를 읊조렸다. 심장이 떨어져 나갈 것처럼 아프게 나를 품에 안다가도 매몰차게 밀쳐내며 나를 노려보던 엄마. 조울증은 평생 엄마의 벗이었다.

어미란 무엇인가. 잠자고 먹고 똥을 누는 것처럼 내 심장을 한없이 편안하게 만드는 그 무엇…… 아니 나는 지금 거짓말을 하고 있다. 어미는 결코 편안한 그 무엇이 아니다. 양수 위를 부유하던 그 태초의 시간처럼 어미는 이제 나를 위해, 우리를 위해 그 무엇을 만들려고 하지 않는다. 내 뼈와 살, 피, 내속의 모든 장기는 그녀의 생애로부터 왔다. 어미들은 그것을 너무도 잘 알고 있다. 그녀들은 살아남기 위해서 떨어져 나간 자신의 한 생애를 붙잡기 위해 안간힘을 다한다.

여자에게도 어미가 있었을까. 그녀는 어미 없이 이 세상에 나온 것만 같다. 여자에게 어미란 어울리지 않는 거추장스러운 옷처럼 느껴진다. 생명의 잉태를 바라는 그녀가 언젠가는 바닷속 물고기처럼 알을 뿌리고 수많은 새끼를 낳을 것만 같다. 그런 생각을 하다 보면 나는 문득 여자가 한없이 그립고 부러워진다.

전동차는 쉽사리 오지 않았다. 삼십 분이 지나도 안내 방송 조차 나오지 않자 기다리다 지친 사람들은 하나둘 계단을 올라 사라져갔다. 바쁠 것은 하나도 없다. 이 주에 한 번 습관처럼 병원을 찾아가 의사의 똑같은 질문에 고개를 끄덕여주고 처방전을 받아 약사가 주는 약봉지를 들고 나오면 그뿐이었다. 오늘도 의사는 더할 수 없이 다정하게 말을 걸어올 것이다. 어느 책에선가 정신과 의사는 말이 별로 없어야 한다고, 환자의 이야기에 귀를 기울이며 잘 들어주어야 좋은 의사라고 쓴 글을 읽은 적이 있다.

삼십 대 중반을 갓 넘겼을까. 검정 뿔테 안경에 파랑 와이셔츠를 입고 넥타이를 매지 않은 것만 봐도 그가 얼마나 환자를 배려하는지 알 수 있다. 정신과 의사답지 않게 말이 많았지만 그건 나에 관한 호의일 것이다. 어쩌면 병원을 찾아간 첫날부터 그는 나를 안고 싶어 애를 태웠을지도 모른다. 이렇게 시간이 흐르다 보면 언젠가 그의 아이를 낳을 수 있을지도…… 나는 손을 목으로 가져가 옷 속에서 목걸이를 꺼내 만지작거렸다. 청동 뼈가 손안에서 차갑게 느껴진다.

바람이 몹시 불던 날 일식집에서 얻은 도미 뼈는 푸른 천에 싸 서랍 깊숙이 숨겨두었다. 혼자 앉아 밥을 먹으며 중얼거리는 내가 안 되어 보였는지, 주방장은 행운을 가져다줄 거라며 불쑥 뼈를 내밀었다. 집으로 돌아와 코코아를 마시며 붉은 홍차 속에 뼈를 담갔다. 나른한 포만감에 싸여 붉게 물드는 뼈를 바라보니 왠지 모를 슬픔이 차올라 훌쩍훌쩍 눈물을 몇 방울 떨구기도 했다.

그가 떠나고 내 몸은 무섭게 살이 올랐다. 무른 살덩이들이 몸속의 장기들을 눌러 위험한 지경이라고 지난번 상담 때 의사는 장난처럼 말했다. 오랜 기간 복용한 약물이 하지불안증

후군과 폭식을 불러온 거 같군요. 마음을 편히 가져야 합니다. 우선 집 안의 거울을 모두 없애버리세요. 이제 최면요법을 시행해야겠군요. 자, 눈을 감으세요. 아, 혹시 가족력이 있나요?

내일은 삼 년 전 죽은 엄마의 기일이다. 홍시를 유난히 좋아하던 그녀를 위해 며칠 전에는 모란시장까지 다녀왔다. 이른 새벽 제사상을 차려놓고 자동차를 몰고 나가 고속도로를 달릴 생각이다. 질주 속에 온몸을 내맡기다 보면 문득 살고 싶어지기도 할 것이다. 오지 않는 열차를 기다리며 나는 자꾸 목을 빼 레일이 깔린 어두운 터널 속을 응시했다.

시칠리아노 춤곡

언니가 연애를 한다.

열 시가 넘은 시간에 들어와 욕실에 가면서도 언니는 재킷
주머니에 있던 은회색 핸드폰을 꺼내 들여다보고 화장대 위
에 놓았다. 손바닥 안에 쥐여져 있던 핸드폰은 크고 견고했다.
금세라도 멜로디를 쏟아내거나 부르르 온몸을 떨어댈 것만
같았다. 나는 여섯 살배기 조카 예준이와 작은 테이블에 앉아
유치원용 일일 학습지에 스티커를 붙이면서 언니의 모습을
지켜봤다. 욕실에 들어간 언니는 오랜 시간 세수를 했다. 이십
여 분이 지나도 나오지 않자 나는 욕실 문을 힐끔거렸다.

거실에 있는 오디오에선 언니가 올려놓은 시칠리아노 춤곡
이 흐르고 있다.

이모, 그건 거기 붙이는 게 아니야.

나는 학습지를 내려다보았다. 맞춤법이 바른 문장을 찾아 스티커를 붙이세요, 라고 쓰여 있었고 나는 무심코 아무 곳에나 스티커를 갖다 대고 있었다. 조카는 얼른 바른말을 찾아 손가락을 짚곤 자랑스럽게 나를 올려다보았다. 우리 예준이, 잘하는구나. 이젠 자고 내일 하자. 자기 싫다는 조카애의 손을 끌고 안방으로 가 침대에 눕히고 눈을 감게 한 후 가슴을 가볍게 토닥였다.

언니가 연애를 하는구나. 생각하며 토닥거리는 내게 눈을 감고 있던 조카가 얼굴을 돌리며 말했다.

이모 그만해, 나 이제 잠들었어.

언니 집에 들어와 살게 된 건 봄이 끝나갈 무렵이었다. 형부가 교통사고로 세상을 떠난 후 조카와 둘이 된 언니가 원해서였다. 혼자 원룸에서 생활하고 있던 나는 단 석 달 만이라는 단서를 달고 언니 집으로 들어왔다.

언니는 유치원 교사로 일하고 있었다. 내가 언니 집으로 온 초기에는 다른 유치원에 다니는 조카를 제시간에 데리고 집으로 돌아와 저녁을 준비하며 나를 기다렸다. 회사에서 퇴근한 내가 초인종을 누르면 이모야, 하며 조카가 두 팔을 벌리고 문을 열어주었다. 하지만 한 달 전부터 언니는 퇴근 후에도 곧바로 집으로 돌아오지 않았고 핸드폰을 수시로 들여다보곤 했다. 조카를 유치원에서 데리고 돌아오는 것은 이제 내 일이 되어 버렸다. 처음 그 일을 부탁하면서 언니는 많이 미안해했다. 모임이 많아. 바쁠 때 좀 도와주라. 나는 선선히 그러겠다고 했다. 아이를 좋아했고 특히 조카를 예뻐했기 때문에 언니의 부탁이 부담스럽지 않았다. 오히려 아이와 단둘이 시간을 보내게 된 것이 즐겁기도 했다.

쌔근쌔근 숨소리가 들리기 시작했다. 고개를 돌려 조카의 얼굴을 바라보았다. 독일 병정처럼 깎아놓은 듯한 얼굴. 조카는 입을 약간 벌리고 잠들어 있다. 이불 밖으로 한쪽 다리와 팔이 나와 있다. 잠잘 때면 이불을 차는 버릇이 있는 아이는 땀을 많이 흘렸다. 황기를 좀 달여 먹여야겠어, 땀을 너무 많이 흘리거든. 당장이라도 한약방에 들릴 것처럼 말하던 언니는 요즘 그 말을 잊은 듯했다. 나는 아이의 머리에 송골송골 맺혀 있는 땀방울을 손바닥으로 쓸어 닦아주고는 상기된 볼을 쓰다듬었다. 아이가 숨소리를 가다듬으며 돌아누웠다.

거실에서 딱딱, 작은 소리가 났다. 잠시 사이를 두고 음악 소리에 섞여 나무판에 화살이 꽂히는 소리가 들려왔다. 나는 천장의 낮은 불빛을 바라보다 오른팔을 이마에 얹고 생각했다.

밥이나 먹었을까. 요즈음 언니는 집에서 저녁을 먹지 않았다.

나는 자리에서 일어나 안방 문을 반쯤 열어둔 채 거실로 나왔다. 내게 등을 돌린 언니는 거실 한쪽 벽에 걸린 다트판에 날카로운 화살을 던지고 있다. 연한 핑크빛 실내복에 왼쪽 손을 허리에 대고 오른손으로 노란색 핀을 든 채였다. 화살을 던질 때마다 가녀린 어깨선을 따라 흘러내린 핑크빛이 허리께에서 출렁였다.

그만 잘게.

중얼거리듯 내뱉은 말이 언니에게 전달되지 못한 채 흩어졌다. 천천히 언니에게 다가가려다 나는 멈칫, 벽에 기대섰다. 원반에 꽂힌 노란 화살이 떨어질 듯 위태롭게 붙어 있었다.

딱딱딱. 언니는 다트판에 세 개의 화살을 연달아 던졌다. 자리로 돌아오던 언니와 벽에 기대 서 있던 내 시선이 잠깐 엉켰다 떨어졌다. 한숨을 내쉰 나는 작은방으로 들어가 불을 끄고 누웠다. 어둠 속에서 아직 채 꺼지지 않은 형광등이 작은 막을 씌운 듯 알몸을 드러내고 있었다. 잠이라도 들었으면. 몸을 뒤척이며 잠을 청했다. 감은 두 눈에 열여덟 살의 내가 떠올랐다.

나는 언니 뒤에 언니는 벽을 향해 꼿꼿하게 서 있었다. 눈

가득 그렁그렁 눈물을 머금은 언니는 삼십 분째 다트판에 화살을 던지는 중이었다. 언니, 그만해. 내 말이 들리지 않는 듯 언니는 방패 모양의 다트판을 노려보며 계속 화살을 던졌다. 휘장 모양의 원반에는 금색과 검은색 번호가 동그랗게 새겨져 있고 한가운데는 붉은 원 모양이 있는 다트판이었다. 언니는 꼬리 달린 화살 다섯 개를 던진 다음 꽂힌 화살을 다시 뽑아 오기를 반복했다. 언니의 얼굴은 붉게 상기되어 있었고 과녁을 향해 핀을 든 모습은 금방이라도 쓰러질 듯 위태해 보였다. 그러면서도 무슨 중대한 의식을 치르듯 다트판을 노려보는 언니가 무섭다는 생각이 들었다. 금방이라도 짚단처럼 풀썩 쓰러져 버릴 것 같았다. 나는 애원하듯 그만해, 하고 말렸다.

스물세 살의 언니는 한동안 아팠다. 사랑을 호되게 하고 있었다는 것을 뒤늦게 알았다. 연애를 하다 실패했을 때 언니는 춤을 추거나 오랜 시간 다트판에 화살을 던졌다. 언젠가 언니에게 물은 적이 있었다. 그렇게 힘든 사랑을 왜 해? 그때 언니는 내 얼굴을 바라보았다. 사랑은 원래 힘든 거야. 그때마다 나는 무엇엔가 몰두해. 춤을 추거나 다트를 하는 것도 그래서야. 과녁을 향해 화살을 던지고 있는 순간만큼은 잠시라도 내 자신을 잊을 수 있어. 나는 답답한 듯 되물었다. 그런다고 변

하는 건 없잖아. 언니는 웃었다. 그렇게라도 하지 않으면 죽어 버릴 것 같거든.

나도 다트판 앞에 섰던 기억이 있다. 사랑 때문에 미칠 것처럼 힘들어졌을 때 무엇이라도 하지 않으면 죽을 것 같다는 언니 말이 가슴속에서 뾰족한 가시처럼 돋아났을 때 벌떡 일어난 나는 죽기 살기로 화살을 던져보았다. 하지만 이십여 분을 넘기지 못했다. 포물선을 그리며 날아가던 화살은 나무판을 자꾸만 빗나갔고 나는 그만 바닥에 주저앉아 버렸다. 나무판도 사랑처럼 자꾸만 어긋나 버리는구나. 나는 벽을 노려보며 한참을 앉아 있었다.

내 암호는 너야, 민영주. 네 이름 석 자 말이야. 나를 풀 수 있는 건 너뿐이지.

그의 컴퓨터 문서 암호는 모두 내 이름이었다. 나는 그와 아이디를 함께 사용했는데 편지함에는 항상 나를 위한 편지가 한 통씩 들어 있었다. 그 시절 나는 그 모든 것을 영원할 것처럼 당연하게 받아들였다. 사랑은 언제나 곁에 있는 일상 같은 것이었다. 한 치의 의심도 필요 없었다.

내가 짐을 옮긴 다음 날 언니는 흰색 칠 부 소매의 블라우스와 검정 치마를 사 가지고 들어왔다. 친구를 만나 함께 쇼핑을 했다고 했다. 안방의 전신거울 앞에 서서 사 온 옷을 입은 언니는 치맛자락을 잡고 빙그르르 한 바퀴 돌았다. 생머리가 어깨선 위에서 출렁대고 있었고 크고 깊은 눈은 물기가 흐를 듯 젖어 있었다. 조카는 그림을 그리고 있었다. 언니는 조카에게 물었다. 예준아, 엄마 이뻐? 그림을 그리던 아이는 고개를 들어 언니를 바라보다 엄마 한번 뒤돌아봐, 했다. 언니는 아이 말에 얼른 뒤돌아 뒷모습을 보였다. 아이가 말했다. 으응, 아주 이뻐.

화장대 위에는 화장품들이 늘어갔다. 거울 맨 아래 자리한 립스틱 통에는 어두운 장밋빛, 누드 베이지, 스카이 오렌지 등 보지 못했던 립스틱들이 자리 잡았고, 새초롬하게 몸매를 드러낸 향수병들이 많아졌다. 그러나 그런 시간은 한 달을 넘지 못했다. 언니는 다시 춤을 추기 시작했다.

춤춰봐. 얼마나 자유로운데. 영주야, 이렇게 흔들어봐. 그래. 그거야. 자유롭지? 아무 생각하지 말고 모두 떨쳐버리고 말이야. 네 넋이 물끄러미 너를 쳐다볼 수 있도록 그렇게 움직여봐. 온몸을 송두리째 음악에 맡겨봐. 스무 살 때처럼 언니는 춤을 췄다. 플룻과 피아노가 어울린 느린 춤곡은 날아갈 듯 애잔하게 들렸다. 두 손을 허공에 살짝 갖다 대듯이 하고 고개를 약간 쳐들고 느린 템포로 어깨를 들썩였다. 다리는 많이 움직이지 않고 두 눈은 감은 채였다. 명상하듯 평화로워 보이기까지 했다. 언니를 따라 나도 두 눈을 감고 음악에 몸을 내맡겼다. 허공을 짚듯이 어깨를 살짝 두 손으로 감싸기도 했다.

음악에 안기듯이 했다. 나는 갑자기 이렇게 춤추는 내가 슬퍼져서 눈을 뜨고 언니를 쳐다보았다. 내게 옆모습을 보이고 언니는 처음의 그 자세로 춤을 추고 있었다. 변한 것이라곤 없었지만 분명 분위기가 달랐다. 언니는 울고 있었다. 두 손을 가슴 가까이 가져다 대고 울면서 춤을 추고 있었다. 그런 언니의 모습을 바라보다 나는 책상 의자에 앉았다. 그리고 시디 케이스를 들여다봤다. 시칠리아노 이탈리아 춤곡이었다.

화려한 무도복을 입은 여자와 남자가 어울려 춤을 추고 있다. 그 한쪽 옆으로 금관 악기가 관처럼 길게 세워진 정지되어 있는 느낌의 풍경. 음악이 있고 춤이 있지만 쓸쓸하고 적막한 느낌이다. 그 어떤 소리도 없이 몸을 사뿐히 움직이고 있는 듯하다. 이별의 의식이라도 치르는 것일까. 나는 시디 상자를 오래도록 들여다보았다.

그 뒤에도 언니는 가끔 새벽녘에 일어나 춤을 추었다. 언니가 결혼하기 전까지 한방에서 지냈던 나는 새벽녘 깨어나 헤드폰을 귀에 꽂고 조용히 춤추고 있는 언니를 볼 수 있었다. 작은 조명 아래 춤추는 언니의 그림자가 벽에 드리워진 채 일 렁였다. 마치 보아서는 안 되는 것을 본 것처럼, 언니에게 깨 어 있다는 것을 알려서는 안 되는 것처럼 나는 숨소리를 죽이 며 얼른 눈을 감았다.

비 오는 유월에 한 첫 키스. 우산 하나를 함께 쓰고 걷다가 택시를 타기 위해 우리는 서 있었다. 밤늦은 시간, 택시는 잘 잡히지 않았고 빗줄기는 약해지고 있었다. 내 어깨를 잡고 있 던 그가 뒤를 가리켰다. 정류장 뒤 빈 공터로 연결된 계단이 보였다. 그가 내 팔을 잡고 계단을 밟았다. 위까지 다 올라와 나를 마주 보며 멈춰 섰다. 사람들이 서 있는 쪽으로 우산을 살짝 기울이며 그가 말했다. 비 오는 날은 키스를 해야 해. 그 러려고 우산을 쓰는 거야. 얼굴을 돌리려고 나는 몸을 뒤로 뺐 다. 그가 우산을 들지 않은 한쪽 손으로 내 어깨를 꽉 쥐며 움 직이지 못하게 했다.

비 오는 날의 담배 냄새가 났다. 빗물이 입안에 고여든 걸 까. 그의 입에서 나는 담배 냄새는 빗소리처럼 내 몸 안으로 스며들었다. 아무 소리도 들리지 않았다. 조금 전까지 들리던 자동차 소리, 바닥에 원을 만들며 그어 내리던 빗줄기 소리도.

영혼과 영혼이 만나느라고 이리 아득하고 감미로운 걸까. 한쪽 어깨가 다 젖는지도 모른 채 그와 나는 계단에 오래 서 있었다.

그때 나는 감색 바탕에 목 부분과 소매 부분, 밑단에 흰색으로 두 줄이 그어진 원피스를 입고 있었다. 시원하고 단정한 느낌의 원피스였다. 그 원피스를 나는 버리지 못하고 팔 년을 가지고 있었다. 그리고 스물여덟 유월, 그것을 버렸다. 하지만 서른의 지금도 첫사랑의 기억은 원피스처럼 버려지지 않은 채 나를 따라다니고 있다.

나도 춤을 춘 적이 있었다. 그와 이별하고 나서 그 사실을 믿을 수 없었을 때 자리에 누워 아무리 잠을 청하려 해도 어둠의 손이 자꾸만 나를 일으켜 세우던 때, 나는 일어나 음악을 틀고 헤드폰을 꽂은 채 춤을 추었다. 그러나 나는 곧 의자에 주저앉아 버렸다.

형부는 성실하고 유능한 사람이었다. 다정다감하고 좌중에 연신 웃음보따리를 풀어놓을 줄도 알았다. 언니를 위해서도 마음 씀씀이가 남달랐다. 언니는 그를 만나면서부터 밝아졌고 웃음도 많아졌다.

결혼할 때 언니는 말했다. 이젠 사랑도 평온해졌다고. 결혼이라는 게 이렇게 평온한지 몰랐다고 이제 더는 사랑 때문에 방황하지 않을 거라고. 언니는 만족해했다. 영주 너도 얼른 결혼해라. 방황이 너무 길어지면 사랑을 믿지 않게 되거든. 첫사랑은 환상이야. 얼른 떨쳐 버려야 해. 넌 바보 같은 구석이 있어서 걱정이야. 언니는 이별한 후 쉽게 마음을 잡지 못하고 있는 나를 안쓰러워했다.

음악만 들으며 그렇게 살 순 없을까. 아무 생각도 안 하고 말이야. 그런 말을 꺼내기라도 하면 언니는 살짝 눈을 흘기며 말했다. 어떻게 아무 생각이 안 나니. 음악은 술처럼 퍼지는 독 같은 거야. 그 독이 넘치면 죽기도 하는 거지. 하지만 사실 그때의 난 죽고 싶었다. 기억이 없어지지 않는 한 다시는 사랑을 할 수 없을 것 같았다. 기억상실증이라도 걸려 버렸으면. 그렇게 처음의 기억은 아프게 오래 남았다. 그러다가 가슴의 현을 건드리는 음악이 들리는 레코드가게 앞에 나도 모르게 멈춰 섰다. 지난 시간이 바람처럼 내 어깨를 가만히 두드리고 지나갔다.

영화를 보던 주말, 저녁을 먹고 맥주를 마신 우리는 거리를 걸었다. 우리 앞으로 남녀가 손을 맞잡고 걷고 있었다. 우리는 팔짱을 낀 채였고 그가 나를 보며 물었다. 저 사람들 만난 지 얼마나 됐을까? 그걸 어찌 알아 하는 눈빛으로 나는 글쎄? 했다. 그가 내 팔을 더욱 꽉 끼며 말했다. 남자 여자가 나란히 걷고 있는 뒷모습을 보면 둘의 친밀도를 알 수 있거든. 어색하게 떨어져 걷는다든지 손을 잡고 있다든지 하는 걸 보면 말이야. 우리를 뒤에서 보면 아마 둘이 사랑하는구나, 할걸. 짓궂게 몸을 더욱 밀착시키며 속삭이는 그는 유쾌해 보였다. 그렇게 우리는 걸었다. 말없이 걷던 그가 내 손을 잡아당기며 멈춰섰다. 모텔 앞이었다. 말없이 그가 내 얼굴을 똑바로 바라봤고 나는 몸을 돌려 골목을 걸어 나오려 했다. 몇 발자국 걷던 나를 그가 붙잡아 끌어안았다.

어두운 방이었다. 형광등이 깜박이며 힘없이 켜졌다. 나는 조금 몸을 떨었다. 그와 같은 방에 있다는 사실이 나를 떨게 했다. 어색하게 침대 끝에 걸터앉아 들고 있던 가죽 핸드백을 손으로 쓸어내렸다. 손잡이를 꼭 쥐어보았다. 그런 내 옆으로 그가 다가와 어깨를 안으며 말했다. 방이 좀 춥구나. 영주 네 얼굴 같다. 나는 고개 돌려 소리 없이 웃었다. 그가 나를 쳐다보며 재킷을 벗겼다. 블라우스가 바닥에 떨어지고 치마가 미끄러지듯 내려앉았다. 남자와 이렇게 첫 밤을 보내는구나. 이렇게 하나하나 옷이 벗겨지고 이런 안타까운 숨결로 서로를

132

안는구나. 나는 그의 맨몸을 받으며 몸 한쪽이 떨어져 나가는 통증을 느꼈다. 고통이었다. 처음 사랑의 기억처럼 선명하게 떠오르는 아픔이 있을까. 나는 꼭 그래야 하는 것처럼 고집스레 눈을 감고 뜨지 않았다. 눈물이 흘러내렸다.

모텔 문에 달린 종이 딸랑, 울렸다. 이 밤 어느 쓸쓸한 이가 들어서는 걸까. 그가 잠든 후에도 나는 깨어 있었다. 시트를 끌어당겨 어깨를 덮고는 그의 얼굴을 바라보았다. 낮은 숨소리를 내며 곤히 잠들어 있었다. 얼굴을 만지고 싶었다. 나는 손들어 그의 얼굴 가까이 가져갔다가 멈칫하고는 제자리에 놓으며 생각했다. 창호지 바른 문이 있는 방에서 너와 첫 밤을 보내고 싶었어. 달빛을 들여놓고 말이야. 이 방은 너무 어두워. 창밖에서 바람이 불어와 창문을 흔들며 낙엽 밟는 소리를 냈다. 나와 함께 잠들지 못하는 가을밤이 꽁초처럼 타들어 가고 있었다.

사랑의 기억은 때론 오늘을 살게 했다. 그가 떠난 뒤 나는 종종 기억만으로 지난 시간을 되돌려 펼쳐 보는 것으로 살았다. 얼마간 그렇게 살아졌다. 삶이라는 게 별게 아니라는 생각이 들기도 했다. 함께 갔던 여행길을 다시 가보기도 했다. 내 키를 넘는 옥수수 사이를 걸어 다녔다. 넘실넘실 내게로 햇살과 함께 쏟아지던 옥수수 잎들, 시퍼런 녹음의 냄새. 강원도의 산길, 속초의 바다를 나는 길을 잃은 사람처럼 헤매 다녔다. 이렇게도 살아지는구나. 되뇌며 걷다 보면 그가 어디엔가 우뚝 서 있을 것만 같았다. 그런 후에는 며칠을 앓아야 했다. 앓고 나면 오히려 마음이 편안해졌다.

그리고 보험에 가입했다. 사무실에 들른 보험설계사의 설명을 건성으로 듣던 나는 이십 년 동안 꼬박 돈을 내야 한다는 말을 듣고 그 자리에서 도장을 찍었다. 이십 년 동안 돈을 부어야 한다면 적어도 이십 년은 살 이유가 생기는 거였다. 나는 그때 살아야 할 이유가 필요했다. 어떤 것이든 좋았다. 게다가 이십 년이란 세월은 적지 않은 시간이었다.

내일 집에 있을 거지? 아침 식탁에서 언니는 물었다. 내일은 일요일이었다. 나는 토스트기에서 철컥, 올라오는 식빵을 꺼내 입안에 넣으며 말없이 앞 의자에 앉아 있는 언니를 건너다보았다. 언니는 갓 구워진 식빵에 딸기잼을 바르며 눈을 내리깐 채 말을 이었다. 여고 동창 모임이 있어. 저번 모임에 빠졌더니 이번엔 꼭 참석하라고 성화야. 조심스럽게 말하며 우유 잔을 입에 갖다 대는 언니 입가에 흰 우유가 조금 흘렀다. 티슈를 뽑아 언니는 얼른 입가를 닦아냈다. 나는 자리에서 일어나며 짧게 대답했다. 알았어. 그리고 반쯤 남은 우유를 단숨에 들이켰다. 언니, 이제 그만 좀 방황해. 독하게 뱉어내지 못한 뒷말들이 우유 잔에 섞여 가슴속으로 소용돌이치며 쓸려 내려갔다.

조카는 현관까지 따라나서며 졸라댔다. 엄마아, 운동장에 자전거 타러 가기로 했잖아, 저번에 나랑 약속했잖아. 언니는 신을 다 신고 현관 앞에 쭈그리고 앉아 아이에게 달래듯이 말했다. 이모랑 같이 가. 자전거 가지고 가서 이모 보고 태워 달라고 해. 언니의 말에 예준이는 돌아서 거실 한쪽 벽에 서 있는 나를 쳐다보며 말했다. 이모 들었지. 이따 이모는 운동장에 가야 해. 이건 약속이야. 약속은 꼭 지켜야 하는 거야. 알았지?

조카의 말이 공처럼 땡그르르 굴러 내게 다가오는 듯 들렸다. 나는 고개를 끄덕였다. 아이는 내가 번복할 것처럼 느꼈는지 웃으며 일어나는 언니 손을 놓으며 다시 크게 외치듯 말했다.

운동장 가서 이모도 자전거 타도 돼. 내 옆에서 타.

햇살이 뜨거운 오후였다. 창문을 통해 들어온 열기가 방 안으로 들어와 멍석 위 널어놓은 붉은 고추처럼 내려앉아 있었다. 나는 집 안의 창문을 모두 열어놓고 진공청소기를 돌렸다.

물걸레를 깨끗이 빨아 장판의 열기를 닦아냈다. 아이는 진공
청소기의 줄을 잡고 나를 쫓아다니며 자전거 타러 가자고 주
문처럼 외워댔다. 냉동실에서 얼음을 꺼내 물통에 채운 후 아
이의 목에 걸어주었다. 이건 네 물통이니까 책임져야 해. 조카
는 기분 좋은 듯 물통을 메고 집 안을 이리저리 돌아다니며 나
를 재촉했다.

아이들은 공차기를 하고 있었다. 운동장에 들어선 아이는
부러운 눈으로 주위를 둘러보았다. 친구들과 공차기하는 형
들이 대단해 보인다는 얼굴이었다. 자전거 뒤를 붙잡아주려
했지만 혼자 탈 거야, 라며 나를 떠밀었다.

초등학교 운동장 한쪽 그늘에 앉아 나는 조카가 메고 온 물
통을 받아 들고 만지작거렸다. 물통은 얼음이 녹기 시작하면
서 뚝뚝 물기를 만들었고 나는 두 손으로 그것을 쥔 채 자전거
타는 조카를 바라보고 있었다. 아이는 운동장 한쪽에서 원을
그리며 돌고 있었다. 한 바퀴를 돌 때마다 계단 그늘에 앉아
있는 나를 향해 이모, 외치며 손을 흔들었다. 여섯 살 생일선
물로 받은 두발자전거에 아이는 흠뻑 빠져 있었다. 안장에 앉
으면 두 발이 약간 들리는 제 몸에 비해 큰 자전거를 타고 땀
을 뻘뻘 흘리면서도 쉬려고 하지 않았다.

예준아 물 좀 먹고 타. 한 손으로 물통을 높이 쳐들고 소릴 쳤지만 아이는 내 쪽을 바라볼 뿐 다시 원을 돌았다. 이제 막 자전거를 배우기 시작해서인지 페달을 힘껏 밟는 아이의 온몸에 힘이 잔뜩 들어가 있었다. 아직은 서툰 자전거 타기가 맘에 들지 않는 건지, 머리 위를 뱅뱅 돌며 따라 다니는 햇빛 때문인지 아이의 얼굴은 붉게 상기되어 있었다.

물통을 열고 나는 물을 들이켰다. 시원했다. 물통 안을 들여다보았다. 둥둥 떠 있던 얼음은 이제 거의 다 녹아 있었다. 자리에서 일어났다. 조카에게 물을 먹이기 위해서 계단을 내려갔다. 자전거에서 내린 아이는 이모 물, 더워죽겠어, 라며 계단에 털썩 주저앉았다. 아이의 온몸이 욕실 샤워기 꼭지처럼 땀을 쏟아내고 있었다. 열기 탓이기도 하겠지만 유난히 땀을 많이 흘렸다. 황기를 먹여야겠어, 언니는 말했다. 지금 언니는 어디에 있지. 갑자기 나는 화가 났다. 주머니에서 손수건을 꺼내 땀을 닦아주는 손길이 거칠었는지 아이가 얼굴을 찡그리며 말했다.

이모 자전거 타고 싶어서 그래? 내 것 빌려줄게. 한번 타.

아이의 말에 피식 웃음이 나왔다. 땀을 닦아 준 후 운동장으로 눈길을 돌렸다. 삼십 미터쯤 되는 거리에 놓인 철봉 아래에 자전거 한 대가 세워져 있었다. 청소년용 자전거였다. 나는 자전거 있는 쪽으로 발길을 옮겼다. 내 뒤에서 이모 어디가? 조카가 물었다. 뒤돌아보며 말했다. 자전거 타러 가.

초등학교 오학년 정도 되었을까? 자전거를 한번 타 보자는 내게 그 아이는 눈을 동그랗게 뜨고 그러세요, 했다. 두 볼이 사과처럼 붉었다. 자전거에 올라 나는 페달을 밟았다. 얼마 만인가, 자전거를 타는 것이.

그와 자전거를 탔었다. 여의도의 바람과 햇살을 가르며 달려갔다. 우린 한 곳을 향해 달려 나갔다. 펼쳐진 광장을 두려움 없이 질주했다. 그렇게 내일 속으로 한없이 들어갔다. 이제 나는 어디로 들어가야 하나. 온몸에 힘이 빠져 나는 잠깐 흔들렸다. 가운데로 달려가던 나는 공차기를 하는 아이들을 피해 모서리 쪽으로 넓게 원을 그리며 자전거를 탔다. 멀리 조카의 모습이 보였다. 계단 화분 옆에 쪼그리고 앉아 있었다. 하나의 풍경으로 그림처럼 앉아 있는 아이 모습이 너무 작게 느껴졌다. 모서리로 돌려던 것을 방향을 바꿔 중앙을 가로질러 조카를 향해 달렸다. 작구나, 저리도 작게 나만 보고 있구나.

울고 있었다. 아이는 땀과 눈물이 범벅된 얼굴을 하고 있었다. 땀이 차오르기 시작한 셔츠를 손으로 들썩이며 나는 아이에게 다가갔다. 예준아, 왜 그래? 울고 있는 아이의 어깨를 안으며 물었다. 내 말에 아이는 발끈 화난 목소리로 말했다. 미워, 이모 혼자만 자전거 타고, 미워. 아이는 미워를 되풀이하며 계단 저쪽으로 뛰어갔다. 멀어져 가는 아이 뒷모습이 스케치북 표지처럼 펄럭였다.

내게도 아이가 왔었다. 그와 예정에도 없던 이별을 하고 나는 결국 그의 아이를 지워야 했고 한참을 거리의 햇볕 아래 앉아 있었다. 아랫배에 손을 가져다 대면 가슴이 아팠다. 내 안에 있었던 아이의 영혼은 지금 어두운 기억의 터널 속을 달려가고 있는 게 아닐까, 라는 생각이 들기도 했다.

그와 헤어지고 일 년 뒤 나는 졸고 있었다. 전동차 안에서 무릎에 가방과 책을 얹어놓은 채 고개를 자꾸만 앞으로 옆으로 떨구고 있었다. 그러다 흠칫 놀라 눈을 떴다. 무안한 마음에 자세를 고치고 책장을 넘겼다. 그때 한 여자가 눈에 들어왔다. 흰머리가 약간 섞인 짧은 머리에 감색 생활한복을 입고 아이를 데리고 있었다. 나이는 사십 정도 되었을까. 여자는 사내아이를 무릎에 앉히고 바로 앞에 자리를 잡았다. 아이의 모습이 선명하게 눈에 들어왔다. 감색 멜빵바지에 흰 티셔츠를 입고 무릎 바로 아래까지 오는 긴 양말을 신고 있었다. 볼을 쏘옥 누르면 폴폴 젖내가 날 것 같았고 통통하게 살이 오른 다리는 금방이라도 떼를 쓰며 동동 굴러댈 것도 같았다.

나는 책을 덮고 아이를 향해 눈을 고정시켰다. 여자가 메고 있던 커다란 백에서 신문을 꺼내 펼쳐 들었다. 그 바람에 아이의 모습이 가려졌고 신문 밖으로 줄무늬 흰 양말의 두 다리만이 보였다. 신문 속에 갇힌 아이는 마치 여자와 함께 글을 읽고 있는 것 같았다. 까탈을 부리지도 않고 얌전히 말이다. 나는 그 모습에 눈을 뗄 수가 없었다. 여자가 신문을 접었고 아이의 모습이 드러났다. 아이는 왼쪽으로 고개를 젖힌 채 잠이 들어 있었다. 나는 내려야 할 역을 지나쳤다.

햇살이 한껏 게을러져 있었다. 예준이는 언제 울었냐는 듯이 자전거를 끌고 가는 내 옆에서 아이스크림을 손에 들고 쫑알거렸다. 이모, 엄마는 이 세상에서 나를 가장 사랑한대. 이모도 그래? 녹아내리는 아이스크림을 혀로 핥으며 나를 올려다보았다. 나는 괜히 가슴이 아파져서 아이를 보지 않고 그러엄, 이라고 말해주었다.

현관문을 열쇠로 따려 할 때 언니가 문을 열어주었다. 뒤따라오던 아이는 엄마, 하며 반색을 했다. 언니는 아유, 우리 예준이 잘 놀고 왔어? 라며 두 팔 벌려 아이를 안았다. 샤워를 한 아이는 그림을 그린다고 연습장을 꺼내고 크레파스를 찾으며 수선을 피웠다. 나를 향해 울던, 내 손길이 필요하던 아이는 이제 엄마만을 바라본 채 웃고 있었다.

아이를 잠시 바라보다 작은방으로 가 옷 정리를 했다. 언니는 저녁을 준비하고 있었다. 옷 정리를 하던 손을 멈추고 안방으로 건너가 보았다. 작은 테이블에 엎드린 아이는 노란색 크레파스를 손에 쥔 채 잠들어 있었다. 피곤할 거야. 이 쬐그만 게. 나는 혼잣말을 하며 아이를 안아 침대에 바로 눕히고 거실로 나왔다. 저녁 먹자. 기다렸다는 듯 언니의 음성이 들렸다.

딸각 딸각, 언니와 나 사이를 숟가락 소리만이 건너다녔다. 아침에 외출할 때와는 달리 언니의 표정은 어두워 보였다. 온몸에 힘이 빠져 있는 듯했고 생기 있던 얼굴은 물기가 말라버린 상추 같았다. 나는 젓가락으로 깻잎을 들어 올렸다. 양념 묻은 깻잎은 여러 개가 한꺼번에 따라 올라왔다. 국을 떠먹던 언니가 젓가락을 들어 깻잎을 떼어주려 했다. 얼른 들었던 깻잎을 도로 내려놓았다. 언니의 젓가락이 허공을 그어 내렸다. 어색하게 나는 국을 떠 넣었다. 뻐꾹, 뻐꾹 뻐꾸기가 문을 열고 나와 일곱 번을 울었다.

집으로 가야겠어. 잠자리에 누워 나는 생각했다. 일주일 전 십 년간 다니던 직장에 사표를 냈다. 앞으로 무엇을 해야 하나. 가졌던 것을 버린다는 건, 잃는다는 건 두려운 일이었다. 내일이 보인다고 할지라도. 나는 사람들과 다른 것을, 무리에서 이탈된 것을 못 견뎌했다. 아니 무서워하고 있었다.

여고시절 가끔 나는 생각하곤 했다. 밤늦은 도서관에 마지막까지 남아 있는 사람이 우리 중 누구일까 하고. 그 황량한 고독과 무서움을 견딜 이가 누굴까. 나는 그럴 수 있을까. 오늘은 내가 마지막으로 남아 봐야지. 책을 읽으면서도 집중하지 못한 채 자꾸 고개 들어 벽시계를 바라보았다. 아홉 시 삼십 분, 문 닫을 시간 삼십 분 전이었다. 주위를 둘러보았다. 나와 동떨어진 책상에서 세 명이 책장을 넘기고 있었다. 낮은 한숨을 내쉬고 서둘러 도서관을 나왔다.

그럴 때면 문소리가 유난히 크게 울렸다. 꽝, 내 뒤로 문이 닫히며 고독이 급히 나를 뒤따라 나와 발목을 잡아당기는 듯했다. 그 느낌은 도서관을 나와 어두운 골목길을 걸으면서도 계속됐다. 나는 앞서 걷고 있는 무리를 놓치지 않으려고 했다. 차가 나타나면 그들과 같은 방향으로 차를 피해 함께 움직이고 싶었다. 하지만 사람들은 언제나 나와 다른 방향으로 몸을 틀었다. 나는 앞사람과의 간격을 좁히기 위해 걸음을 빨리했다. 그런 나를 가로등 불빛이 따라오며 앞선 그림자를 흔들어댔다.

음악을 듣고 싶어. 집으로 돌아가서 말이야. 언니는 더 있다 가지, 하면서도 고개를 끄덕였다. 석 달이 지나 가방을 챙겨 나서는 내 뒤를 언니가 따라 나왔다. 그 뒤에서 조카가 이모 가지 마, 하며 울었다. 아이의 머리를 쓰다듬어주고 나서 언니를 쳐다보았다.

언니…….

나는 말을 잇지 못했고 언니는 아무 말 없이 서 있었다. 그만 갈게. 나는 계단을 내려왔다. 한 층을 다 내려갈 때까지 현관문을 닫지 않은 채 언니와 조카는 서 있었다. 아이의 울음소리가 길게 내 뒤를 따라왔다.

십이월도 끝나 가는 밤. 나는 의자에 앉아 책을 읽는다. 스피커에서 나오는 음악이 책장 넘기는 소리와 함께 레코드가게 안을 가득 채운다. 오늘은 유난히 아침부터 추웠다. 난로 위에 놓인 주전자가 김을 폭폭 뿜어내고 있다. 고개 들어 유리문 너머 걷고 있는 사람들을 바라본다. 어깨를 잔뜩 움츠린 사람들이 어딘가로 가고 있다. 문 닫을 시간이다. 자리에서 일어나 책을 덮고 난로의 전원 스위치를 누른다. 붉게 타오르던 불꽃이 사그라든다. 갑자기 추위가 느껴진다.

문이 열리고 남자가 춤추듯 비틀거리며 들어선 건 그때였다. 남자는 눈을 제대로 뜨지도 못한 채 시디가 있는 쪽으로 쓰러지려 한다. 다른 손님이라도 왔으면. 나는 겁이 나 문 쪽을 바라본다. 남자가 몸을 바로 세우며 힘겹게 말한다. 물 좀 주세요. 약하게 안으로 숨어드는 음성이다. 나는 약간 높게 말한다. 문 닫아야 하니까 빨리 나가주세요. 목소리가 떨려 나온다. 내 말에 남자는 주위를 둘러보고는 난로 위를 가리킨다. 뜨거워서 안 돼요. 내 말을 무시하고 남자는 주전자를 연 후 그 뚜껑에 물을 따라서 마신다. 물이 질질 바닥에 떨어진다. 나는 두려워지기 시작한다. 남자가 입을 델 것 같다.

나가주세요. 뒷걸음치며 차갑게 내뱉는다. 물을 마시던 남자가 흐리게 웃으며 말한다. 나, 나쁜 사람 아니에요. 나는 다시 말한다. 문 닫아야 해요, 나가주세요. 내 말이 바닥에 흘린 물과 함께 남자의 구두 쪽으로 흐른다. 남자는 풀어진 눈으로 나를 멍하니 바라보다 다시 입술을 뗀다. 이 곡 제목이 뭐예요? 목소리와 눈빛이 함께 흔들려 쓸쓸한 냄새가 난다. 입을 꼭 다문 나는 대답하지 않는다. 남자는 무슨 말인가를 더 하려다 나를 한 번 바라보고는 쓰러질 듯 걸어 나간다. 유리문 너머로 멀어져 가는 남자를 바라본다. 남자는 마치 춤을 추듯이 걸어가고 있다. 그 모습을 지켜보던 나는 테이블 밑으로 손을 넣어 종이컵을 꺼낸다. 뜨거운 물을 따르고 그 컵을 두 손으로 감싸 안는다. 그리고 대답한다. 바흐의 시칠리아노 춤곡이에요.

인디언들의 사생활

시장통의 새 울음소리, 우리에 갇힌 원숭이가 바나나를 먹으며 지나가는 여인들을 손짓하고 오렌지와 망고, 파인애플을 가득 실은 손수레 상인들이 손님과 흥정을 한다. 어디선가 잘 익은 포도주 향이 코끝을 간질인다. 악기 연주 소리, 아라비아 상인이라도 지나가는가. 교회 종소리를 따라 담장을 지나면 천사의 나팔이 트럼펫을 불듯 길게 풍선 넝쿨을 드리우고 있다.

밤에 취할 정도로 향기가 진하다는 으아리꽃이 창녀의 음부 냄새를 뿜기 시작하면 여자는 빠르게 걸음을 재촉한다. 동네 어귀에 들어서자 버려진 통학버스가 장의 차량처럼 서 있다. 처음 여자는 차량을 지나칠 때마다 보이지 않는 유리창 안을 들여다보려고 발돋움을 하곤 했다. 버스는 마을이 생길 때부터 있었던 것처럼 그곳의 일부가 되어 있다.

여자가 이곳에 온 것은 팔월 어느 날이었다. 여자는 날짜를 기억하지 못했다. 그럴 필요가 없었다. 한동안 누워 있던 잿빛 들판들이 짙푸른 녹음으로 살을 찌우고 누런 잎사귀를 늘이고 있던 야자수 그늘은 축축한 열기를 더했다. 아침저녁, 부드러운 미풍이 날아들기도 했다. 바닷바람 사납기만 하지…… 이십오 인치 캐리어를 끌며 현관문을 나서는 여자에게 엄마는 기어이 한마디를 보탰을 것이다. 트렁크가 널 끌겠구나.

팔에 깁스를 한 여자들이 유난히 눈에 띄는 어느 봄날 여자는 사표를 썼다. 흰 석고에 갇힌 팔이 여자의 눈에 많이 띄었다. 여자가 다니던 학원에 사표를 낸 것은 비 오는 날 지렁이를 밟고 나서였다. 물컹, 여자의 발밑에 물컹이는 지렁이. 여자는 가방 안에 들어 있던 사표를 원장에게 내밀었다. 갑자기 무슨 일이냐고 묻는 원장에게 여자는 지렁이를 죽였기 때문이라고 말하고는 학원을 나왔다.

엄마와 살던 그 집에 더 머물 수가 없었다. 집을 팔려고 내놓았지만 값을 깎으려는 공인중개사의 전화만 몇 통 있을 뿐 집을 보러 오는 사람도 없었다. 여자는 옷가지 몇 개와 소형 라디오, 사진집 몇 권, 노트북을 트렁크에 챙겨 넣고는 빛바랜

대학노트 하나를 집어 펼쳐 들었다.

죽음은 나의 아내이다. 나는 그에게 있어 하나의 남성이다. 이제 그녀는 옷을 벗었다. 아름다운 그녀는 나도 옷을 벗고 동반자가 되기를 바란다. 이것은 사랑이며, 우리는 서로가 서로를 원한다. 나는 이 상황을 벗어날 수도 없으며 또 벗어나고 싶지도 않다. 나는 아내와 사랑을 하고 어린아이를 잉태할 수도 있을 것이다.

오빠의 낙서가 적힌 노트였다. 오빠는 누군가의 글을 베껴 적고 있었다. 낙서처럼 쓰인 글들이 눈에 띄었다. 여자는 노트를 넘기다 방바닥에 떨어지는 명함 한 장을 주워들었다. 용산경찰서 강력계 형사 이문기. 여자는 방바닥에 떨어진 명함을 한참 바라보다 노트에 끼워 넣었다. 형사는 여자에게 그날 밤 어디에 있었는지를 집요하게 물어왔다. 언제 다시 돌아올지 몰랐다. 돌아올 기약이 없다고 생각하자 오히려 가져갈 것이 눈에 띄지 않았다. 여자가 여행 짐을 쌀 때마다 엄마는 옆에서 뭘 그리 많이 넣느냐며 잔소리를 했었다. 트렁크를 짐칸에 싣고 자동차를 운전해 도착한 곳이 이 소읍이었다.

여섯 시간을 쉬지 않고 달리자 낡은 단독주택들이 늘어서 있는 어느 마을 어귀가 보였다. 무엇보다도 여자는 목이 말랐다. 우선은 물이 필요했다. 어디든 상관없었기에 여자는 제일 먼저 눈에 띄는 상회간판 앞에 차를 세웠다. 검은 물에 사는 오리나무가 늘어서 있고 양평상회 간판 앞에 열 살쯤 되어 보이는 아이가 큰 고무대야에 담긴 잉어를 쳐다보고 있다. 여자는 신기한 듯 잉어를 바라보고 있는 아이를 지나쳐 유리문을 밀치고 안으로 들어섰다. 그때 방문을 열고 노파가 얼굴을 내밀며 꽥 소리를 질렀다.

이 녀석아, 저리 가지 못해.

쇳소리를 내지르는 노파의 말에도 아이는 꿈쩍 않고 앉아 있다. 노파는 생수를 건네고 잔돈을 거슬러주며 저 벙어리 녀석…… 혀를 찼다. 여자는 상회 앞에 세워둔 차 곁에서 슈퍼 건물 위 청운다방 간판을 올려다보다 그 밑의 성인오락실을 쳐다보았다. 어디에나 있는 흔한 간판들. 여자는 성인이란 단어 속에 숨어 있는 불순한 기운에 오히려 안도감을 느꼈다. 그리고 그 골목 어귀의 복덕방을 찾아 작은 빌라 하나를 세 얻었다. 전에 살던 이가 두고 간 가구들이 있어도 괜찮겠냐는 물음에 고개를 끄덕이고 나자 여자는 갑자기 피곤이 몰려오는 것을 느꼈다.

이 마을은 이상하게도 소읍에서 느껴지는 온기가 없었다. 이십여 분을 걸어 나가면 바닷가가 펼쳐졌는데 어쩐지 이 마을과 바다는 격리된 듯 활기가 전혀 느껴지지 않았다. 팔월이라고 해도 해변을 찾는 사람들이 별로 눈에 띄지 않았다. 다른 이들이 알지 못하는 외지에 들어온 듯했다. 떠들썩한 기운을 기대한 것은 아니었다. 여자는 적막한 한여름의 바닷가 마을이 비현실적으로 느껴질 뿐이었다.

간혹 여자가 반 시간 이상 걸어 나가서 마주하는 시장은 그야말로 신세계와도 같았다. 어느 이국의 풍경과도 닮은 그곳을 여자는 발이 아프도록 걸어 다녔다. 그리고 해 질 녘 이 조용한 마을로 접어들면 여자는 어김없이 핸드폰을 꺼내 들고 셀카를 찍었다.

어떤 날은 마을 초입에 자리한 큰 느티나무 아래에서 여자는 카메라 버튼을 눌렀다. 해 질 녘 노을을 배경으로 사진을 몇 번이고 찍고 걸어가면서 핸드폰 사진을 확인하고는 그 자리에서 지워 버렸다. 너무 어둡다. 휴대전화 속 여자의 얼굴이 햇살 아래인 양 잔뜩 찡그려져 있다. 여자는 어둑해진 골목길을 서둘러 접어들었다. 낡은 빌라 입구의 전등은 전구가 깨진 채 그대로이다. 여자는 집주인에게 전등을 교환해 달라고 요

구했다. 이사 한 첫날 계약서에 도장을 찍으며 금세 고쳐 주겠다고 고개를 끄덕이던 주인은 아마도 여자가 빌라를 나가는 날에야 얼굴을 내밀 것 같다. 어둑한 현관을 지나 101호 문을 열었다. 여자는 이웃들에게 신생 빌라 101호 여자로 통했다.

여자는 현관문을 열고 들어서자마자 벽면 스위치를 올렸다. 외출할 때마다 불을 켜놓고 다니던 엄마와 달리 여자는 불을 끄려고 했다. 그러다 어느 순간 여자도 거실 불을 켜놓고 외출하는 일이 잦아졌다. 이곳에서의 어둠은 어쩐지 낯설었다.

엄마는 불을 켜놓아야 잠이 들었다. 어둠 속에서는 잠을 자지 못했다. 우울증 치료약을 먹던 오빠가 어느 날 집을 나간 후부터 엄마는 집 안 불을 환히 밝히기 시작했다. 그리고 오빠가 삼 년 만에 돌아온 후부터도 엄마는 불을 끄지 못했다. 여자는 오빠가 돌아온 날 밤 잠들지 못하고 거실에 깨어 있던 엄마의 모습을 기억한다. 엄마는 상기된 얼굴로 주방 싱크대 문을 열고 칼집에 들어 있는 부엌칼과 과도들을 꺼내 신문지에 둘둘 말아서는 찬장 서랍 깊숙한 곳에 숨겼다. 화장실을 가려고 나오던 여자는 엄마의 행동을 이해할 수 없었다. 민첩하지만 은밀하게 집 안의 칼들을 숨긴 엄마는 비로소 숨을 내쉬며 오빠 방문을 오랫동안 바라보고 앉아 있었다.

오빠가 실종된 후 엄마는 이틀 걸러 경찰서를 찾았다. 지난번 집을 나갔던 때와는 다르다고 그렇게 좋아하던 기타를 두고 나갔다며 엄마는 무슨 일이 생긴 게 분명하다고 했다. 예전에도 집을 나간 적이 있지 않느냐고 단순 가출로 말하는 경찰관에게 엄마는 예감이 좋지 않다며 빨리 찾아달라고 했다.

엄마의 폭식증은 오빠가 죽고 나서부터 시작됐다. 엄마는 냉장고를 아이스크림과 케이크 등으로 채워나갔다. 오빠는 아이스크림을 유난히 좋아했다. 새벽이나 늦은 밤 작은 전등 하나만을 켜놓은 채 엄마는 혼자 우두커니 앉아 씹지도 않고 음식들을 입안으로 밀어 넣었다. 여자가 말려보았지만 네년이 뭘 알아, 노려보는 엄마를 어찌할 수 없었다. 음식을 삼키다가도 욕실로 달려가 먹던 것들을 토해내고는 했다. 오래전부터 당뇨를 앓던 엄마는 저녁 식사 후 슈퍼에 다녀온다며 나간 후 돌아오지 않았다. 엄마는 사거리 건널목에서 신호가 막 바뀔 때 차도에 뛰어들었다고 했다.

여자는 안방의 엄마 짐을 옮기고 한동안 잠을 이루지 못했다. 새벽까지 음악을 듣다가 잠을 청하려 누우면 어김없이 어둠이 꿈틀거리며 소리를 냈다. 어떤 날은 먹다 버린 빵 봉지가 부스럭대며 일어나는 소리에 화들짝 놀라 불을 켠 적도 있다.

그러다 창밖으로 동이 터오고 세상이 깨어나기 시작할 때면 불을 껐다. 중세유럽, 햇빛을 보면 병이 악화된다는 혈관병 환자들처럼 여자도 햇빛을 피해 두꺼운 커튼을 내리고 잠을 자곤 했다.

여자는 어둠 속에서 빗소리를 듣는다. 고요한 새벽, 창문 밖으로 빗물이 번진다. 여자는 어둠 속에 누워 있다. 잠들지 못하는 여자의 귀에 울음소리가 섞여 들려온다. 창밖에서 여자가 운다. 전화 통화를 하며 여자가 울고 있다. 외국어다. 워. 아. 이. 니. 띄엄띄엄 여자의 말이 빗물에 묻힌다. 이 새벽 이 깊은 외지에서 그 누가 이별하는가. 여자의 눈물이 가랑이 속 하혈하는 피처럼 심장을 적신다. 여자는 돌아누우며 되뇐다. 당신은…… 당신은 나쁜 놈이다.

남자는 여자가 벗어놓은 빨간 하이힐이 매력적이라고 말했다. 고속버스 속 의자 뒤에 걸린 여자의 구두에 반했다는 남자는 여자의 첫사랑이 되었다. 급정차하는 고속버스 안에서 벗어놓은 구두가 앞 좌석 밑으로 달아났고 구두를 돌려주는 그와 여자는 팔 년을 만났다. 그리고 삼 년의 세월이 흐르고 남자가 여자에게 전화를 걸어왔다. 결혼한 지 일 년 만에 아내가 아이를 낳다가 죽었다고 했다. 여자는 남자를 다시 만났다. 여자는 남자와 더는 예전 연인으로 돌아갈 수 없다는 것을 잘 알고 있었다. 어느 여름, 시내에서 우연히 마주친 남자가 여자를 타인처럼 스쳐 지나갔던 일이 떠올랐다. 그때 남자는 여자를 전혀 모르는 사람처럼 외면했다. 여자는 이제 그가 예전의 그 사람이 될 수 없다는 것을 잘 알고 있었다. 그러나 무슨 상관이란 말인가. 추문 따위를 달고 와도 남자는 그저 그 사람, 여자의 첫사랑인 것이다.

남자의 아파트에 다시 갔던 날. 침실에는 오트밀 색상의 침구가 깔렸고 집 안 곳곳에는 아직 따뜻한 신혼의 흔적이 배어 있었다. 여자는 주방의 냉장고를 선뜻 열어볼 수가 없었다. 다른 여자의 냉장고를 열어본다는 것은 마치 그 여자의 속옷 서랍을 훔쳐보는 것과 같았다. 주방에도 여자의 섬세한 손길이 남아 있었다. 집 안을 둘러보던 여자는 자신을 쳐다보는 시선을 느꼈고 냉장고의 문을 열려다 움찔 몸이 굳었다. 고양이었다. 흰 가죽 소파에 몸을 곧추세운 채 앉아 있는 회색빛의 페르시안 고양이. 두 귀를 바짝 세운 고양이는 앞발을 가지런히 모으고 여자를 노려보고 있다.

여자는 남자의 침실에서 꿈을 꾸곤 했다. 만삭의 배를 한 젊은 날의 엄마가 식칼을 손에 쥐고 있는 꿈이었다. 식칼을 쥐고 있는 엄마의 손에 피가 흘렀고 어느새 다섯 손가락이 잘려나갔다. 엄마는 아무 말 없이 여자 앞에 식칼을 쥔 채 서 있기만 했다. 여자가 뒷걸음쳐 계단을 구르듯 내려온다. 계단 밑에 개만한 고양이가 여자를 쳐다보며 말을 건다. 고양이의 말은 이명처럼 여자의 귀를 오래 잡아당긴다. 여자는 고양이의 눈빛을 받아낼 수가 없어서 뭐라고 소리를 지르다 잠에서 깨어났다.

여자가 악몽에서 깨면 남자는 여자의 몸을 안아주었다. 무서워하지 마. 아무것도…… 아무것도 아니야. 남자의 말이, 남자의 몸이 여자에게 들어온다. 여자의 몸속에 들어오는 남자의 몸 일부. 남자가 움직인다. 몸의 운율, 남자의 소리, 숨소리…… 남자는 살아 있다. 살아 있는 남자의 몸. 여자는 남자를 믿기로 한다.

우연처럼 나타나는 이별의 증후들도 없었다. 카톡에 걸어놓은 고양이 사진쯤은 경계의 대상, 극복의 문제가 아니라 공유해야 할 애정의 대상이라고 생각했다. 여자는 남자의 아파트를 빠져나오던 그날 밤을 잊을 수가 없다. 남자의 집 안에서 여자가 온전히 쉴 곳은 없었다. 여자는 남자의 아파트에서 죽은 여자와 셋이 있다는 생각을 떨칠 수 없었다. 여자는 아파트를 빠져나와서 주차장으로 걸어가면서도 사 층 남자의 집을 올려다보기가 두려웠다. 베란다 한쪽에서 앞발을 곧추세운 고양이가 여자를 내려다보고 있을 것만 같았다. 입던 속옷을 잃어버린 느낌. 여자는 그동안 어디에 있었던가. 여자는 자신의 몸에서 나는 노숙의 냄새를 떨쳐버리려 자꾸만 옷깃을 쓸어내렸다.

그 뒤 전화를 걸어온 남자는 갑자기 아파트를 빠져나간 그녀를 이해할 수 없다고 했다. 여자는 수화기 저편의 그를 떠올렸다. 남자는 미간을 잔뜩 찡그린 채 한쪽 입술을 깨물고 있을 것이다. 너는 죽어도 나를 못 잊을 거야. 저주처럼 남자가 말하고 전화를 끊었다. 그는 어느새 벼락 맞은 얼굴을 하고 있을 것이다. 남자는 여자를 아직 모르고 있었다. 누군가의 죽음이, 부재가 생을 흔들고 놓지 않는다면 여자는 이미 죽거나 미쳤을 것이다. 어차피 영원한 것이란 존재하지 않았다. 남자를 놓고 나자 여자는 비로소 숨을 쉴 수 있을 것 같았다.

여자는 방 안 구석에 놓여 있는 미니 오디오의 버튼을 누르고는 책상 등을 켜고 누워 있는 자신의 얼굴을 찍었다. 누워 있는 자신의 얼굴이 어색하게 느껴졌다. 여자는 몇 장의 사진을 넘겨보다 지워 버렸다. 노랫소리가 흘러나왔다. 엄마가 술을 마실 때 틀어놓곤 하던 음악이었다. 이 세상에 없는 엄마는 지금쯤 죽은 이들과 만나 노래라도 부르고 있는 건 아닐까. 여자는 옆으로 돌아누우며 태아처럼 몸을 둥글게 웅크렸다.

엄마는 싹이 난 감자를 무서워했다. 감자가 살아 있다고 했다. 감자조차 먹는 걸 두려워하던 엄마. 며칠을 굶다가도 엄마는 생각난 듯 폭식을 했다. 엄마는 육포를 먹지 않았다. 오징어는 질겅질겅 씹으면서도 육포는 먹지 않았다. 소 한 마리가 그대로 입안으로 들어오는 것 같다고 했다. 그럼 오징어는? 오징어는 왜? 여자는 육포를 씹으며 엄마에게 툭 던졌다. 여자는 엄마가 견딜 수 없었다. 엄마는 여자 곁에 백 년이고 천 년이고 언제까지고 살아 있을 것만 같았다.

엄마는 술을 마시고 있었다. 어디선가 방 안에 들어온 흰나비 한 마리가 엄마 머리 위를 펄럭이며 날아다니고 있다. 나비는 나갈 곳을 찾지 못하고 방 안을 맴돈다. 술병에도 내려앉았다가 빙빙 그 곁을 도는데도 엄마는 눈길조차 주지 않은 채 식탁에 앉아 소주를 홀짝이고 있다. 알코올을 입에도 대지 않던 엄마는 오빠가 죽은 후로 홀로 술을 마시곤 했다.

엄마가 술을 마시는 것만큼 세상에서 슬픈 것도 없다고 여자는 생각했다. 엄마는 혼자서 술을 마실 때면 낡은 카세트테이프를 틀어놓곤 했다. 이십 년도 넘은 카세트 라디오는 멈추지 않고 죽은 이들의 음성을 흘려보낸다. 지금은 죽고 없는 이 들이 낡은 기계 안에 살아 있다. 누군가 노래를 부른다. 어느 해 여름밤 냇가에서 여자는 사람들과 함께했다. 중풍 맞아 입이 돌아간 고모부는 문인수의 '나는 울었네'를 불렀다. 그리고 술 에 취하자 '애수의 소야곡', '봄날은 간다'가 엇박자로 나왔다. 안방 한쪽 벽에 걸린 오래된 액자 틀 속에 여름 냇가의 그들이 걸려 있다. 수염을 길게 기른 할아버지, 연탄가스로 죽은 큰고 모, 다음 해 중풍을 맞은 고모부, 뜨거운 여름날 반소매 입은 젊 은 엄마, 서른 살에 자살한 오빠…… 그들이 웃고 있다.

오늘 여자는 시장이 아닌 마을길을 따라 걷기 시작했다. 양 평상회 앞 평상 앞에 오늘도 아이가 큰 고무대야를 들여다보 며 앉아 있다. 아이는 학교도 안 가는가. 다가가 말을 걸려던 여자가 움찔 그 자리에 멈춰 서서 아이를 바라봤다. 아이는 물 속을 헤엄치는 물고기와 이야기라도 나누는 걸까. 여자는 우 뚝 붙박여 아이의 얼굴을 바라보며 한참을 서 있다.

말이 별로 없는 오빠가 어떤 때는 한없이 답답하게 느껴졌 다. 그런 오빠가 유일하게 가보고 싶은 곳이 아프리카였다. 어 디 가고 싶어? 라는 물음에 바로 대답을 하지 못하던 오빠가 어느 날부터인가 아프리카라고 말했다. 원주민들을 만나보고 강들을 보고 싶다고 했다. 오빠가 무엇을 하고 싶다는 것은 드문 일이어서 여자는 반가웠다. 어느 저녁 여자는 오빠와 한강변을 산책하던 중에 음악원 하나를 발견했다. 집에서 불과 삼십여 분 거리에 있는 음악원은 한강 변 초입에 있지만 올라가는 양쪽에 나무가 많아 사람들 눈에 쉽게 띄지 않았다.

숲길로 뻗은 길모퉁이가 뜯지 않은 편지처럼 비밀스럽게 보였다. 여자는 앞서 걷는 오빠를 따라 숲길을 올라갔다. 언덕이 끝나는 지점에 부채 모양으로 펼쳐진 이 층짜리 회색 건물이 있었다. 건물 입구에는 검정 글씨로 아프리카 음악원이라고 새겨진 커다란 바위가 있었다.

아프리카 음악원. 그 바로 밑에는 1980년 6월, 미국인 선교사 로버트 존슨이 소외된 사람들에게 음악을 할 수 있는 공간을 만들어주기 위해 검은 대륙 아프리카의 이름을 따서 음악원을 세웠다는 설립취지가 쓰여 있었다. 1980년도라면 여자가 태어나던 해였다. 이제 삼십 년이 넘은 건물은 외벽을 회색으로 칠한 탓인지 사십 년은 족히 되어 보였다. 여자는 오빠와 함께 유리문을 밀고 안으로 들어섰다. 일 층 로비는 지나가는 사람 하나 없이 조용했고, 작은 조명등만을 켜놓아서인지 어두웠다. 현관 정 가운데에 안내대가 마련되어 있었지만 이미 오래전부터 사용하지 않은 듯 뽀얀 먼지를 뒤집어쓴 채 입구가 폐쇄되어 있었다. 그 옆 경비실에는 텔레비전을 켜놓았는지 소리만 들려올 뿐 사람의 기척은 느껴지지 않았다. 일 층 로비를 걸어 들어가자 층별 안내를 해놓은 게시판이 눈에 띄었다. 일 층과 이 층에 자리한 교습실마다 아프리카 유역에 흐르는 강 이름들을 하나씩 붙여놓고 있었다.

나일강, 콩고강, 니제르강, 림포포강, 아마존강, 잠베지강…… 여자는 교습실 문 앞에 붙은 강 이름들이 낯설고 어색해 일일이 강 이름들을 입안에 담고 굴리듯 소리 내보았다. 여자는 오빠가 벽면에 걸린 아프리카 강들에 빠져 있는 것을 바라보며 어느새 깊게 내려앉은 어둠이 무서워 조바심이 났다.

오빠가 즐겨보는 텔레비전 프로도 동물의 왕국이었다. 텔레비전 속에서 뿌우웅, 아프리카코끼리들이 떼 지어 기분 좋은 울음소리를 내지르며 커다랗고 둥근 두 귀를 펄럭거린 채 늪지대를 건너고 있다. 코끼리들이 바짝 하늘로 쳐든 긴 코로 연신 물을 첨벙거리면 늪지대의 악어들은 바짝 약이 올라 날카로운 이빨을 쩍쩍 하품하듯 벌려대고 한쪽 나무 그늘에 숨어 있던 얼룩말과 기린들이 몸을 일으키며 무료한 듯 울음소리를 내기 시작했다. 이들의 울음소리에 잠에서 깨어난 하얀 코

뿔소가 성난 듯 몸을 비틀면 야성의 소리에 놀란 새들이 포르르, 나뭇가지에서 날아오르며 하늘을 날았다. 하늘을 나는 꿈이라도 꾸는가. 여자는 화면 속에 빠진 오빠 얼굴을 힐끔거리며 쳐다보았다.

어느 저녁 여자와 오빠, 엄마가 텔레비전 앞에 앉아 세계의 풍물 기행 다큐멘터리를 본 적이 있었다. 인디언들이 죽은 자의 영혼을 위로하기 위해 자기의 손가락 마디를 돌칼로 자른다는 내용이었다. 엄마는 그들이 괴상한 소리를 지르며 돌칼로 자신의 손가락을 내려치는 장면을 보다 말고 갑자기 울기 시작했다. 여자는 엄마의 얼굴을 바라보며 가슴이 철렁 또다시 내려앉는 것을 느꼈다.

오빠는 몇 날 며칠을 잠도 자지 않고 밥도 먹지 않고 지냈다. 물론 외출도 하지 않았다. 오빠가 방문을 걸어 잠그고 방안에서 서성거리는 소리를 엄마는 거실 소파에 앉아 옷가지를 개키며 들었다. 그날 저녁 엄마에게서 오빠가 약을 먹지 않고 있다는 말을 들었다. 약을 먹지 않고 화장실 변기 속에 버린다고 했다. 여자도 알고 있었다. 며칠 전 여자는 세면대에서 물을 틀어 손을 씻다 말고 쭈그리고 앉아 변기 속을 살펴보았다. 변기 물속에는 하얀 알약이 반쯤 녹은 채 투명한 거품을 쏘아 올리고 있었다. 여자는 몇 년 전 병원에 실려 갔던 오빠를 떠올리며 욕실 바닥에 주저앉아 버렸다. 그 뒤 엄마는 조리대 앞에서 앞치마 주머니에 넣어두었던 약봉지를 꺼냈다.

하얀색의 알약은 모두 네 개였다. 엄마는 알약들을 도마 위에 놓고 칼로 사 등분 한 후 다시 잘게 도막을 냈다. 잘게 도막난 알약을 주서기에 넣고 버튼을 눌러 다시 돌렸다. 위잉, 으깨진 토마토와 섞인 흰색 알약은 희뿌옇게 무리를 지어 돌다가 붉은색에 묻혀 버렸다. 투명한 유리컵 가득 주스를 따르며 엄마가 말했다. 평생 이 짓을…… 어쩌니. 엄마의 손에 들린 잔에서 붉은 액체가 흰색 조리대 위에 조금 떨어져 흘러내리는 것을 바라보며 여자는 입술을 질근질근 씹었다.

며칠째 황사가 계속되고 있다. 요즘 여자는 햇살이 게으른 옥상에 자주 오른다. 옥상 한쪽에 놓인 항아리 뚜껑에 먼지가 뿌옇고 누군가 큰 화분에 심어놓은 배추는 밑동만 남은 채 말라 있다. 엄마는 광합성을 한다며 한낮 뜨거운 햇볕 아래 채양모자를 쓰고 앉아 있곤 했다. 구멍이 숭숭 뚫린 잎사귀 위에 붙은 배추벌레를 잡는 것이 엄마의 낙이었다. 연둣빛 몸통에 잔털이 빽빽한 벌레는 배춧잎에 붙어 잎들을 갉아 먹었다. 엄마는 펼쳐놓은 신문지 위에 맨손으로 잡은 배추벌레를 떨어뜨리곤 했다. 톡톡 낙하하는 벌레들의 소리가 경쾌했다.

오빠가 두 달 만에 한강에서 떠오른 후 여자는 별다른 일없이 거리를 쏘다녔다. 황사가 심한 날은 머리에 머플러를 하고 모래바람을 뚫고 무작정 걸어 다녔다. 어떤 날은 병원 옆 장례식장에 들어가 문상객들을 쳐다보며 오랫동안 앉아 있다 집으로 돌아오곤 했다.

지글지글 끓어오르는 아스팔트 위, 모두가 사라진 듯 고요하다. 여자는 오후 세 시, 하릴없이 해안도로를 따라 걷다가 인적이 드문 도로변 벤치에 앉아 간헐적으로 지나가는 차들을 바라본다. 도로변에 현란한 색상의 현수막들이 어지럽게 걸려 있다. 차들은 여자의 바로 코앞까지 닿을 듯 가깝게 지나간다. 트럭 위 생생한 국화들이 열을 지어 차량 뒤에 실려 간다. 여자는 뜨거운 대기 속에서 징그럽게 솟아난 덧니처럼 살아 있는 국화 향을 느낀다.

빠르게 움직이는 차들도 이상하게 이 소읍에서는 정지된 화면처럼 느껴진다. 이럴 때는 군부대 차량도 지나가지 않는다. 여자는 먼지를 뒤집어쓰고 군용차를 뒤따라가고 싶은 충동이 인다. 이곳에서라면 얼마든지 시간을 보낼 수 있을 것 같았다. 여자는 어느새 낯선 길 위에 익숙해졌고 거리 어디에

서고 얼굴 사진을 찍었다. 웃어서도 찡그려서도 안 되는 사람처럼 여자의 표정은 어색했다.

빌라로 돌아가는 길에 여자는 골목길 어귀에서 노파를 본다. 골판지를 모으는 등 굽은 노파의 새하얀 머리는 하얀 털뭉치를 이고 있는 듯하다. 한밤중 골목길에서 튀어나오는 것은 도둑고양이들과 노인들이다. 이 소읍은 언제인가부터 노인과 도둑고양이들만 남은 동네가 되어갔다. 한낮 세발자전거를 타고 노는 아이들도 몇 남지 않았다. 며칠 전 빌라 앞으로 철근 콘크리트가 척추동물의 앙상한 뼛조각처럼 세워지더니 오늘은 천막이 쳐졌다. 거대한 천막은 이승과 저승을 경계 짓듯 높은 군락을 이루고 있다. 마치 페스트나 돌림병이 도는 것을 차단하는 것 같기도 하다.

옥상에서 내려다보면 천막 뒤쪽은 거대한 무덤 같다. 굴착기가 헤쳐놓은 자리는 공룡 발자국 같은 패인 흔적을 남기고 한쪽으로 높이 쌓아놓은 흙무덤 속에는 수많은 공룡 알이 숨 쉴 것만 같다.

소읍의 한우전문점에서는 더는 한우를 팔지 않았다. 마을 사람 중 누구도 한우를 찾는 사람이 없다고 했다. 천막이 쳐지고 철거가 시작된 후 하늘에는 펑펑 폭죽이 터졌다. 얼마 전부터 이 시골 마을에도 재건축 바람이 불었다. 철거가 시작된 후 바닷가에서는 불꽃놀이가 빈번하다. 불꽃이 보이지 않을 때 불꽃 소리는 전쟁의 포격 소리와 다르지 않았다. 어릴 적 불꽃놀이가 시작되면 여자는 오빠와 이불 속으로 숨어들었다. 엄마 없는 어두운 방 안에서 이불을 뒤집어쓰고 불꽃 소리를 듣고 있으면 오줌이 마렵고 저릿저릿 사타구니가 간지러웠다.

펑펑, 불꽃이 터지고 있다. 여자는 운동화를 꺾어 신고 옥상 계단을 서둘러 오른다. 불꽃이 잘 보이지 않는다. 물탱크에 올라가 까치발을 한다. 저 멀리 바닷가에서 유성처럼 수많은 별이 타올랐다 떨어진다. 여자는 불꽃이 솟아오르는 하늘을 배경으로 얼굴을 크게 찍는다. 찰칵찰칵. 몇 장을 찍어도 여자의 얼굴이 선명히 잡히지 않는다. 여자는 자신의 얼굴을 찍고 지우기를 반복한다.

그 밤도 축제처럼 불꽃이 피어올랐다. 오빠는 운동하러 간다며 집을 나갔다. 일월이었고 갑작스러운 한파로 오리털 파카 속에 두꺼운 스웨터를 껴입어야 하는 날씨였다. 그리고 오빠는 돌아오지 않았다. 그 전날 여자는 오빠와 늦도록 깨어 있었다.

새벽녘 화장실을 가려던 여자는 거실의 어둑한 조명 아래 석고상처럼 소파에 앉아 있는 오빠 모습에 움찔 놀랐다. 미동

도 없던 오빠는 우유를 꺼내 시리얼과 함께 컵에 부은 후 리모
컨으로 텔레비전을 켰다. 채널을 돌려 케이블 교통방송에 맞
춘 후 플라스틱 숟가락으로 천천히 떠먹었다. 표정을 알 수 없
는 오빠의 옆얼굴은 우유를 흘릴 듯 방심한 채였다. 그 무렵
오빠는 새벽에 깨어 혼자 나와 있곤 했다. 잠을 자지 못한 얼
굴은 하얗게 떠올라 있었다. 텔레비전 볼륨을 줄였는지 아무
소리도 들리지 않았다.

여자는 선뜻 다가서지 못하고 멀뚱히 서 있다가 텔레비전
화면에 시선을 옮겼다. 무인 카메라에 비친 톨게이트는 지나
가는 몇 대의 차량뿐, 한낮의 정체를 찾아볼 수 없이 고요하
다. 한산한 지방 도로를 비추던 카메라는 이제 도심 한복판으
로 옮겨가 있다. 네 대의 카메라가 각각 비추고 있는 풍경은
운전하는 사람 없이 자동차들만 움직이는 듯하다.

그 새벽 어딘가로 달려가는 자동차들, 그 속의 얼굴 없는 사
람들, 피투성이 사람들. 오빠는 볼륨을 서서히 높여 자동차의
질주 소음을 들으며 흐릿한 화면을 응시했다. 엄마는 분명 잠
들지 못하고 침대에 누워 있을 것이다. 새벽녘 거실에 오빠가
나와 있을 때면 엄마는 방문을 열지 않았다.

여자는 이곳에 온 후 습관처럼 새벽의 고속도로를 달리곤

했다. 저 멀리 십자가 불빛이 보이고 독 오른 풀숲 한가운데서 흰 옷 입은 처녀 귀신이 하얀 엉덩이를 드러내고 오줌을 눌 것만 같다. 불 꺼진 휴게소 안내 표지판을 지나면 첫사랑을 안았던 모텔 쉘부르 간판이 보일 것만 같은 새벽의 도로. 그곳에서 불을 밝히고 있는 곳은 냉동 창고 물류센터와 장례식장뿐이다. 죽은 것들을 부패하지 않게 보관하는 공간만이 살아 숨 쉬는 새벽, 검은 공기가 얼어 있다.

밤의 고속도로를 달리면 죽은 이들이 유리창 밖에서 서성이며 여자를 따라온다. 반백의 단발머리로 아흔 살에 돌아가신 외할머니이거나 어느 날은 서른 살에 강물에 빠져 죽은 오빠이거나 단 커피믹스를 즐겨 마셨던 엄마이거나 흰 수염을 기르고 매일 밤 귀신 이야기를 해주던 친할아버지이거나 첫아이를 낳다 죽었다는 첫사랑의 아내였다. 그들은 다정한 얼굴로 여자 옆 조수석에 앉거나 산길을 달리거나 가로등 위에 걸터앉아 발장난을 하고 있다.

어둠에 잠긴 불빛들이 허공을 부유하면 가라앉는 빈 그림자들, 어둠 속의 사람들. 그들은 여자를 아랑곳하지 않고 앞만 보며 아무 말이 없다. 여자는 검은 달을 베어 문 벙어리처럼 입을 떼지도 못하고 숨죽인 채 그들의 옆얼굴을 훔쳐보듯 자꾸만 조수석을 힐끔거린다. 핸들을 쥔 손아귀에 힘이 들어간다. 잠 못 드는 새벽, 고속도로를 달리다 보면 죽은 이들이 이팝나무 꽃잎처럼 소리 없이 피어났다 사라졌다.

예전부터 여자는 작은 것들에 열광했다. 몸집이 작은 강아지들, 버스 안의 비상탈출용 작은 쇠망치, 에스프레소 잔에서 여자는 눈을 뗄 수가 없었다. 그리고 아주 사소하고 사적인 슬픔을 즐겼다. 늦은 밤 먹은 라면에 얼굴이 붓는 걸 걱정하고 엄마와 마시는 단 커피믹스의 지방을 생각하며 우울해했다. 그때 여자는 삶이 평온하다고 느끼기도 했다. 오빠가 집을 나가 있던 삼 년 동안 여자는 엄마와 그렇게 평범한 일상을 누렸다.

어느 토요일 오후 여자는 경찰서에서 걸려온 전화를 받았다. 실종 신고를 냈던 오빠의 시체가 한강 변에 떠올랐다고 했다. 오랫동안 우울증 치료약을 복용하고 정신과 치료를 받았다는 사실과 증거로 제출한 오빠의 노트 때문에 오빠는 자살로 처리되었다. 형사는 부검하겠냐고 물었고 넋 나간 얼굴로 엄마는 아무 대답 없이 한참을 앉아만 있었다. 엄마는 오빠를 보지 않겠다고 했다.

집 나간 지 두 달 만에 발견된 오빠였다. 여자는 병원 앞에서 만난 담당 형사의 안내를 받아 혼자서 영안실을 찾았다. 병원 응급실 옆 영안실 표지가 눈에 띄었다. 응급실 밖 의자에 앉아 있는 사람들은 하나같이 작아 보였다. 여자는 응급실을 빠르게 지나쳐 계단을 내려갔다. 계단을 내려가는 여자의 발소리는 곧 포르말린 냄새에 녹아 버렸다. 죽음의 냄새. 그 어떤 것이라도 와해시키고 녹여버릴 것 같은, 붉은 핏물조차도 하얗게 탈색되어 버릴 것 같은 청결한 부패의 냄새가 났다.

오빠는 피투성이가 된 알몸으로 비닐에 싸여 있다. 코를 찌르는 포르말린 냄새에 숨이 막힐 듯하다. 흰색 가운에 마스크를 쓴 남자가 냉동고의 한쪽 칸을 열어주고 뒤로 물러나 있다. 퉁퉁 부은 얼굴과 몸뚱이는 형체를 잃어 오빠인지 알아볼 수조차 없다. 축 늘어뜨린 사지에서 아직도 생피가 흘러나오는 듯 비닐은 검붉은 핏물이 흥건했다. 장신의 키, 반듯하고 넓은 이마. 인양한 지 몇 시간 되지 않았다며 남자가 비닐 속에 든 오빠의 옷가지들을 들어 보였다. 물에 젖어 뭉쳐진 옷들은 색깔조차 불분명하다. 여자는 남자에게 고개를 저어 보이려다 오빠의 손목에 찬 시계를 발견했다. 오빠의 스무 살 생일선물로 엄마가 사준 시계였다. 요즘 젊은 사람이 누가 금줄 시계를 차느냐고 타박을 해도 오빠는 자면서도 시계를 풀어놓지 않앉다. 오빠의 키가 이렇게도 컸었나. 한 발짝 다가서려는 순간 남자가 손잡이를 잡고 냉동고 속으로 오빠를 밀어버렸다. 덜컹, 오빠는 냉동고에 갇혔다. 훅, 소독약 냄새가 끼쳐오고 어디선가 덜그럭거리는 소리가 들렸다. 여자는 쫓기듯 안치실을 걸어 나왔다.

여자가 귀를 찍는다. 찰각찰각. 휴대전화 카메라 속으로 여자의 얼굴에서 잘려 나온 귀가 담긴다. 흘러내린 머리칼 사이로 둥근 타원형의 귀는 안으로 말려 연골의 형태가 불규칙하다. 다른 세계가 겹과 겹으로 이어지고 그 안에는 사 개월 된 웅크린 태아가 있다. 사람의 몸 중 가장 복잡하게 만들어진 우주가 아닐까. 여자는 자신의 신체 일부를 처음인 양 바라본다. 여자가 이곳에서 할 수 있는 일이라고는 하릴없이 시장통을 쏘다니거나 동네 어귀를 돌아다니면서 휴대전화 카메라로 자신의 얼굴을 찍는 일뿐이다. 어느 날은 집 안에서 자신의 신체 일부를 찍기도 했다. 여자는 집 안에 있을 때는 라디오를 켜놓거나 휴대전화 카메라로 거울을 보며 자신의 몸 일부를 찍었다.

사물들도 육체를 가지고 있다. 욕실의 세면기, 욕조, 변기는 모두 장기를 지니고 피의 순환을 한다. 여자는 욕조에 누워 세면기를 쳐다본다. 하얀 세면기를 지탱하고 있는 금속관이 마치 심장에 연결된 림프관 같다. 혈관과 혈관이 맞닿아 있는 관을 자르면 콸콸 핏물을 토해내며 죽은 물고기들이 솟구쳐 오를 것이다.

양수를 담고 있는 욕조. 엄마가 가버린 후 여자는 욕조를 사들였다. 타원형의 달걀을 반으로 자르고 속을 파낸 모양의 욕조. 뜨거운 물을 욕조에 채우고 몸을 담그면 끈적끈적한 점액질의 기포 덩어리가 알몸 구석구석 스며들었다. 여자는 미끄러지듯 물속으로 빠져들었다. 석회질, 사람의 뼈와 같은 달걀껍데기. 부드러운 미풍과 햇빛에 말린 껍질을 잘게 부셔 달팽이 먹이를 준 적이 있다. 여자는 성장이 더딘 다육식물을 달걀껍데기에 심듯 알몸뚱이를 욕조 물에 담갔다. 그렇게 오랫동안 분갈이 없이 여자는 양수 위를 떠돌 것이다.

오늘은 손이다. 여자는 왼손을 펼쳐 보이고 오른손으로 핸드폰을 쥐고 있다. 조명 탓에 손등이 은색 비늘처럼 번들거린다. 뭉툭한 손톱과 적당한 길이의 손가락이 굵은 마디 없이 곧게 뻗어 있다. 엄마는 여자의 손을 보고 게으른 손이라고 했다. 액정을 눈앞에 가져다 댄다. 사진이 아니라 누군가 검정 캔버스에 유화 물감을 덧칠한 그림 같다. 거친 붓질 위에 섬세한 터치가 더해져 엷은 피부 색조에 명암을 만들어내고 있다. 약간 구부린 엄지 끝은 어둠에 먹혀들어 가고 검지 손톱은 색의 농담을 조절한다. 마치 가만히 손을 내밀어 어둠을 만지듯 적요한 기운이 감돈다.

어제는 무릎을 찍었다. 무릎 관절에서 허벅지를 찍은 사진은 마치 병원 엑스선 촬영용 같았다. 투명한 실핏줄의 이상 염색체라도 찾듯 여자는 오랫동안 허벅지를 들여다보았다. 어떤 순서로 몸을 찍어야 할까. 여자는 내키는 대로 몸의 일부를 찾아냈다. 그렇게 여자는 핸드폰 카메라를 만지작거리며 오후 한나절을 흘려보냈다. 몸이 한 조각 한 조각 찍힐 때마다 여자는 퍼즐 놀이를 하는 기분이 들었다. 손과 발, 가슴, 허벅지 그렇게 몸뚱이를 조합하다 보면 테라코타 인형을 빚을 수 있을 것 같다. 여자는 그렇게 흘러내려 언젠가는 새롭게 태어날지도 모를 일이라고 생각했다.

그날 저녁, 오빠는 약간 상기 되어 있었다. 칠흑 같은 어둠 속 바람이 매서웠다. 오빠는 엄마가 크리스마스 선물로 사준 오리털 파카를 입고 있었다. 아프리카 음악원을 지나쳐 내려오면서부터 오빠는 흥분 상태에 빠져 있는 듯 보였다.

"'레인포리스트카페'라는 주제 카페가 있대. 열대우림처럼 꾸민 식당에서 천둥과 소나기, 코끼리 울음소리를 들으며 식사를 한다네. 천둥이 치고 비가 몰아치는데 바로 옆에서 코끼리들이 무리를 지어 지나가고 있다고 상상해봐."

이렇게 많은 말을 하는 오빠는 보기 드물었다. 강물을 하염없이 바라보며 오빠는 강물에 빠져들기라도 하듯 위태롭게 물가 쪽으로 깊숙이 몸을 숙였다.

여자는 문득 엄마가 떠올랐다. 오빠가 돌아온 후 주방의 칼을 숨기던 엄마, 새벽녘 화장실에도 가지 못하는 엄마, 오빠가 약을 먹지 않고 변기에 버릴 때마다 심장이 줄어드는 느낌이라는 엄마. 평생 약을 먹어야만 하는 오빠…… 칠흑 같은 어둠 저편에서 펑펑 불꽃이 터졌다. 여자는 한 발짝 오빠 곁으로 다가갔다. 한쪽 손을 뻗으면 바로 오빠의 등이었다. 검은 강물 위를 떠도는 불꽃이라도 끌어올리려는가. 오빠는 어둠에 몸을 맡기고 물가 쪽으로 아슬아슬하게 더욱 몸을 숙였다. 어둠 속에서 불꽃이 펑, 솟아올랐다. 여자의 손이 허공을 긋다 오빠의 등에 닿으려는 순간, 오빠가 뒤를 돌아다보았는가. 풍덩, 어둠이 오빠의 몸을 삼킨다. 여자는 질끈 눈을 감았다.

여자의 머릿속에는 파리가 산다. 아프리카코끼리의 귓속으로 들어가 알을 낳는 날파리 떼들처럼 언제부턴가 여자의 머릿속에 파리가 살기 시작했다. 여자의 귓속을 통해 들어와 똬리를 튼 파리는 알을 낳고 구더기를 길렀다. 구더기들은 살기 위해 꿈틀거리며 여자의 뇌를 조금씩 파먹기 시작한다. 처음에는 잠들어 있는 시간에만 소리 없이 움직이던 구더기들은 차차 대담해져 여자가 깨어 있을 때도 골수를 파고들며 진물을 흘린다. 삶이 지독하게 어긋나 버리기만 하는 것도 여자의 뇌에 달라붙어 떨어지려 하지 않는 구더기 때문일 것이다. 언제쯤 끝날 수 있을까. 구더기들의 꿈틀댐은 여자의 뇌를 전부 남김없이 파먹고 나서야 멈출 것인지…….

이런 생각을 하다 보면 여자는 몸서리치게 징그럽다가도 가끔 머릿속에 기생하는 구더기들이 더할 수 없이 정답게 느껴지기도 한다. 삶이 재미있다고 느껴지는 순간은 바로 그럴 때이다.

여자는 오빠의 낙서가 적힌 노트를 펼쳐보다 담당 형사의 명함을 꺼내 든다. 형사는 여자에게 말했다. 혹시 그날 밤 오빠를 만났던 이를 알게 되면 언제든지 연락을 하세요. 자살이 아닐 수도 있잖아요. 혹시 모르잖아요? 불꽃 축제를 하는 밤 바닷가에서 찍은 여자의 얼굴이 지워지지 않고 핸드폰 속에 담겨 있다. 여자는 이 소읍에서 참 오래 살았다는 생각을 한다.

존재의 두 번째 거짓말

그는 내게 죽겠다고 말했다. 죽겠다니, 죽음이라니. 나는 여행용 가방 안쪽에 깊이 넣으려던 점퍼를 거칠게 빼내 앞쪽으로 돌돌 말아 넣으며 그를 쳐다보지도 않았다. 한 시간 전 나는 그의 방문을 열고 들어가 홍콩에 며칠 다녀올 것이라고 말했을 뿐이다. 홍콩에 아는 친구가 있어서 그 친구와 함께 일주일 정도 홍콩을 여행할 것이라고, 모레 출발할 것이라고, 걱정하지 마시라고, 올 때 호랑이 연고도 사오겠다고, 주저리주저리 많은 말을 했다.

책상에 앉아 인터넷 바둑을 두고 있던 그는 여행을 갔다 오겠다는 말을 꺼내자 마우스의 클릭을 멈춘 채 컴퓨터 화면만 바라보았다. 한동안 미동조차 없는 그를 잠시 바라보고 서 있다가 나는 내 방으로 건너와 책을 펴들었다. 엄마에게는 편한 모든 것들이 왜 그에게는 이렇게 힘들고 어려울까. 나는 오전에 주방 식탁에서 엄마와 나눈 대화를 떠올렸다. 늦은 아침을 먹다가 여행을 갔다 올 거야. 홍콩에 친구가 있거든, 나는 젓가락으로 콩자반을 집으며 말했고 엄마는 얼마나? 라고 물으며 국을 떠먹었다.

그런데 죽겠다니, 여행을 가겠다고 말할 때는 말 한마디 없다가 불쑥 방문을 열고 들어와 여행을 가지 말라고, 그럼 죽겠다고, 죽어버리겠다고 한다. 나는 헛웃음이 나올 정도로 기가 막혔지만 가야 해요, 가야 한다고요, 중얼거리듯 말하며 짐을 마저 싸기 시작했다.

비가 추적추적 내리는 침사추이 거리를 흔과 나는 이십육인치 여행용 가방을 끌며 걸었다. 십이월 중순의 홍콩은 한국의 가을 날씨처럼 선선하더니 어느새 비가 내리기 시작했다. 흔은 인천공항에서 홍콩 갈 때 가지고 갔던 커다란 가방을 다시 가지고 나왔다. 어디 먼 여행이라도 떠나? 나는 공항에 마중 나온 흔을 보며 가벼운 농담을 건넸고 흔은 소리 없이 웃기만 했다. 흔의 유난히 하얀 얼굴과 쌍꺼풀 없는 눈매가 선하고 단아했다.

흔과 나는 공항철도를 타고 구룡역에서 내려 침사추이 거리의 인파 속으로 빨려 들어갔다. 번화한 도시의 빌딩 사이를 미로처럼 지나 우리는 골목 안쪽에 있는 호텔로 들어섰다. 흔은 청킹맨션에도 숙소가 있다고 했지만 나는 그녀와 좀 더 편안한 곳에 묵고 싶었다. 그래서 청킹맨션과 멀지 않은 곳에 있는 호텔을 예약하고 그녀에게 주소를 보냈다.

흔과 내가 가까워질 수 있었던 것은 순전히 홍콩 영화 덕분이었다. 나보다 열 살이나 어린 흔은 장국영이 죽은 후 그를 더 좋아하게 되었다고 한다. 사촌 언니의 손에 끌려 흔도 만다린 호텔 앞에서 국화꽃을 놓으며 서럽게 울었다고 한다. 그렇게 슬펐어? 내 말에 흔은 웃으며 말했다. 아뇨, 사촌 언니가 많이 많이 울었거든요. 장국영이 죽은 뒤 그의 영화를 전부 찾아보게 되었고 〈해피투게더〉를 보면서 양조위도 좋아하게 되었다며 홍콩 영화를 얘기하는 한국 사람을 만나서 너무 반갑다고 했다. 장국영, 양조위를 아는 사람치고 좋아하지 않는 사람이 있을까, 싶었지만 나는 그 말을 덧붙이지는 않았다. 홍콩에 가서 그들을 만나요. 싱긋 웃으며 흔이 말했고 나는 그렇게 홍콩행 비행기에 오르게 되었다.

지난겨울 한국에 왔던 흔은 펑펑 내리는 함박눈을 보며 잠을 못 잘 정도로 설렜다고 했다. 홍콩은 눈이 없어요. 눈을 보고 싶었어요. 고백하듯 수줍게 말하는 흔의 얼굴이 약간 상기되어 있었다. 워킹홀리데이 비자로 한국에 와서 한국어를 배우며 중국어를 가르치던 흔을 만난 건 종로에 있는 중국어학원에서였다. 그때 나는 칠 년간 사귀던 J와 긴 연애를 막 정리하고 거리를 무작정 걸어 다녔다. 퇴근 후 시간이 날 때마다 예술영화관에 가서 영화를 보거나 영화가 끝난 후 거리를 걸었다. 사랑에도 애도 기간이 필요한 법이라고 했던가. 온몸이 내려앉을 정도로 피곤에 절어 집에 들어와 나는 쓰러지듯 잠을 청하곤 했다. 그건 그 시절 내가 할 수 있는 유일한 일이었다.

거리를 걷다 큰 빌딩 앞에서 발을 멈춘 적이 있다. 뜨거운 햇살이 유리 빌딩에 꽂혀 사정없이 눈을 찔렀다. 나는 얼굴을 찡그리며 건물의 열린 창들을 노려보았다. 마치 온몸에 비늘을 덮고 있는 커다란 물고기 같았다. 바람이 불면 부르르 온몸을 흔들며 사방으로 물기를 털어댈 것이다. 나는 상어 뱃속으로 걸어가듯 건물 안으로 들어갔고 처음 보이는 중국어학원에 들어가 등록을 했다. 딱히 중국어를 배우고 싶어서가 아니었다. 베트남어든 아랍어든 나는 상관없었다. 그렇게 등록을 마치고 건물 밖으로 빠져나오자 갑자기 피로가 몰려왔다. 집으로 돌아가 햇볕 안 드는 방에서 잠을 자고만 싶었다. 지하철 계단을 급히 내려가 전동차를 타려는데 역 구석에 세워놓은 사물함이 보였다. 녹색 사물함 위에 빨간색으로 쓴 주의사항이 눈에 띄었다. 매달리지 마시오. 들어가지 마시오. 나는 소리 내어 문구를 읽었다. 문득 그 안에 들어가 몇 시간만 곤히 잠들고 싶다는 생각이 들었다.

흔에게 중국어를 배우고 나는 그녀에게 한국어를 가르쳐주며 우리는 가까워졌다. 홍콩에서 다시 만나요. 흔은 이제 돌아가야겠다고, 먼저 가 있을 테니까 꼭 오라고 말하며 떠났다. 인천공항에서 함께 식사하고 커피를 마시던 그녀가 이제 시간이 됐다며 탑승구 안쪽으로 사라지자 나는 그 자리에 쓰러지듯 주저앉았다. J와 이별할 때도 흐르지 않던 눈물이 걷잡을 수 없이 흘러내렸다.

호텔에 가볍게 짐을 푼 후 우리는 식사를 하기 위해 거리로 나왔다. 현란한 네온사인이 켜진 빌딩 숲을 지나 청킹맨션 앞에 다다랐다. 홍콩에 오면 청킹맨션에 가 보고 싶어, 라는 내 말을 그녀는 기억하고 있었다. 내게 청킹맨션에서도 잘 수 있어, 조금 위험하지만 말이야, 라고 말했고 나는 나중에, 또 홍콩에 가면 그때 자자고 그녀에게 메시지를 보냈다. 우리는 횡단보도 앞에 서서 청킹맨션을 올려다보고는 일 층 안쪽으로 들어갔다.

〈중경삼림〉에서의 빠른 화면들 사이로 바쁘게 움직이던 사람들이 떠올랐다. 환전소와 가방가게, 전자제품을 파는 상점, 잡화점 등을 지나치자 상점 앞에 나와 있던 남자들이 우리에게 말을 걸며 가게 안으로 들어오라고 손짓했다. 한순간 영화 속 상인들이 화면 밖으로 뛰쳐나와 걸어 다니고 있다는 생각이 들었고 무엇보다도 우리는 조금 무서웠다. 흔도 그랬을까. 그녀는 내 손을 잡아끌며 뒤쪽으로 나가보자고 했다.

청킹맨션 뒷문으로 나오자 번화한 건물 앞과는 다른 풍경이 펼쳐졌다. 흑백영화의 한 장면을 연상케 하는 뒷골목은 과거 부의 상징이었던 종로 세운상가의 뒷골목을 닮아 있었다.

오빠와 함께 세운상가 꼭대기 층에 있는 영화관에 자주 가곤 했다. 오빠는 기타를 치는 사람이었고 영화를 좋아했고 나는 오빠와 영화관을 찾는 것이 좋았다. 평소 말이 없던 오빠와 소통할 방법이라고 여겼다. 우리는 엘리베이터를 타지 않고 계단을 걸어 올라가 이 층 악기상들을 하나하나 둘러보며 기타의 몸통을 쓰다듬고, 피아노 건반을 누르고, 현악기의 섬세한 줄을 튕겨보기도 하며 영화관에 이르렀다. 서른두 살의 오빠는 나와 영화를 보고 돌아온 겨울 저녁, 한강 변으로 산책하러 나간 후 돌아오지 않았다. 그리고 삼 개월 후 강변 선착장에서 발견되었다.

오빠의 실종신고를 하고 돌아오며 나는 문득 오빠와 함께 봤던 마지막 영화를 떠올렸다. 우리는 대만영화제에 갔었고 양조위가 나온 〈비정성시〉를 봤다. 오빠가 평소 좋아하던 홍콩 영화는 아니었지만 우리는 그날 영화를 보고 이른 저녁을 먹으며 잠시 영화 이야기를 했다. 그런 오빠가 갑자기 사라졌을 때 나는 거짓말 같았다. 어떻게 단서 하나 주지 않고 그렇게 감쪽같이 숨어버릴 수 있을까. 오빠는 왜 내게 한마디 언질도 주지 않고 떠난 것일까.

흔과 내가 건물 뒤쪽을 빠져나왔을 때 골목 안쪽에서 담배를 피우고 있는 남자의 뒷모습이 보였다. 남자는 마르고 키가 큰 편이었고 파란색 줄무늬 티셔츠에 청바지를 입고 있었다. 남자는 흘깃 우리 쪽을 보는 듯싶더니 황급히 담배를 끄고 건물 안쪽으로 사라졌다. 나는 홀리듯 남자의 뒤를 쫓았고 흔은 내 팔을 잡으며 왜? 알아요? 물었다. 건물 안쪽으로 들어갔지만 남자는 보이지 않았다. 불 꺼진 간판 아래 셔터까지 내린 상점들 사이로 커다란 여행용 가방을 문 앞에 내놓던 가방가게 남자가 우리에게 손짓할 뿐이었다.

오빠, 오빠야. 나는 중얼거리듯 혼잣말을 했다. 오빠의 주검을 직접 확인한 것은 나였다. 코를 찌르는 포르말린 냄새를 뚫고 안치실에서 퉁퉁 부은 오빠의 피투성이 알몸을 확인했지만 나는 모든 게 거짓말 같았다. 경찰서에서 오빠의 신분증과 소지품을 확인하고 병원에 들르지 않았다면 나는 아니라고 부인했을지도 모른다. 나는 오빠의 얼굴을 차마 볼 수 없어서 비닐에 싸인 피가 흐르는 오빠의 알몸이 열리자마자 맞다고, 오빠가 맞다고 고개를 끄덕였다.

남자의 뒷모습은 오빠를 닮아 있었다. 오빠가 우리 몰래 홍콩에 살고 있었구나. 그것도 청킹맨션에 살고 있다니. 오빠는 아마 이곳에서 스치는 온갖 사람들에게 홍콩 달러를 바꿔주고 있거나 사람도 들어갈 수 있을 정도의 커다란 여행용 가방을 팔고 있거나 그것도 아니면 배고픈 여행객들에게 음식을 팔고 있을지도 모른다. 엄마는 오빠의 부재를 묻는 사람들에게 가끔 거짓말을 하곤 했다. 외국에 나가 살아요. 언제 돌아올지 모르겠네요. 나는 엄마의 거짓말을 들으면서 아무 말도 하지 않았다. 엄마의 말처럼 오빠는 어느 도시에서, 우리와 떨어진 곳에서 살고 있었을지도…… 나는 흔의 손을 잡고 청킹맨션을 빠져나오며 뒤돌아보지 않았다.

꼭 가려던 것은 아니었다. 여행 셋째 날, 딤섬을 먹고 싶다는 내게 흔은 친구가 소개해줬다는 로컬음식점에 가자고 했다. 구룡역에서 전동차를 타고 몽콕역에 내려서 딤섬 집을 찾아 들어갔다. 평범한 외관과는 다르게 식당은 생각보다 규모가 컸고 흔과 나는 먹고 싶은 딤섬을 시켜서 사진을 찍으며 점심을 즐겼다. 역시 홍콩에 오면 딤섬을 먹어야 해. 새우가 들어간 딤섬을 젓가락으로 집어 올리며 말하는 내게 흔이 지나가듯 무심히 말했다. 우리 장국영 집 가 볼래요? 이 근처예요. 저도 안 가봤어요.

장국영 집 주소를 찾은 후 우리는 딤섬 집을 나와 무작정 앞으로 걸었다. 흔은 홍콩 사람이었지만 홍콩 지리를 잘 모르고 있었다. 꽃시장을 지나고 편의점을 지나고 붉은 간판을 단 상가 건물을 지나고 횡단보도가 나오자 흔은 비로소 걸음을 멈춰 섰다. 한낮이었지만 행인도 많지 않았다. 흔은 핸드폰의 앱 지도를 살펴보다가 앞쪽에서 걸어오는 남자에게 길을 물었다. 남자의 말대로 건널목을 건너자 높게 치솟은 건물들이 눈에 띄었고 우리는 아무 말 없이 직진을 했다.

얼마나 걸었을까, 약간 경사진 언덕이 나왔고 우리는 조금 숨을 헐떡이며 천천히 걸어 올라갔다. 앞장서서 걷던 흔은 뒤

돌아보며 멋쩍은 미소를 지었고 나도 그녀를 보며 조금 웃었다. 멀구나, 싶었지만 나는 얼마나 가야 하느냐고 묻지 않았다. 십 년도 더 전에 이미 세상을 떠난 외국 영화배우의 집이 아니라 나는 이민을 떠나 사는 친척 집을 찾아가는 것처럼 편안하고 여유로웠다. 설령 그의 집을 찾지 못해도 상관없었다. 그냥 흔과 함께 그를 찾아갔다는 기억, 그가 살던 동네 근처를 배회했다는 것만으로 족했다. 그래서 나는 인터넷 블로그를 뒤져서 흔을 돕지 않았다. 그녀라고 인터넷을 찾아볼 생각을 하지 못했겠는가. 흔은 무슨 사명이라도 띤 비밀요원처럼 신중히 조심스레 움직였다.

고급 주택가 건물이 늘어선 길목에 들어섰을 때 애완견을 끌고 산책 나온 여자가 앞에서 걸어왔다. 가무잡잡한 피부색에 짧은 커트 머리를 한 여자는 편안한 실내복을 입고 있었다. 현지인이 아닌 듯했고 일을 하다 바로 나온 것 같았다. 여자는 애완견의 목에 두른 줄을 잡고 있었는데 눌린 듯한 코와 커다란 눈망울, 처진 귀, 자글자글 깊이 팬 주름이 가득한 퍼그는 몸에 작은 수레를 달고 있었다.

비만이어서 운동을 하는가. 나는 처음 본 애완견의 모습이 귀엽고 신기해서 퍼그 쪽으로 한 발 다가섰다. 앞의 두 발을 땅에 짚고 서 있는 퍼그는 뒤쪽 다리를 다쳤는지 한쪽 다리가 없었다. 뭉툭하게 잘려나간 흔적이 아직 남아 있는 짧은 다리를 수레에 의지해 힘겹게 서 있는 개를 보며 문득 모든 게 비현실적으로 느껴졌다. 붉은색 간판을 단 건물들 사이를 지나 이 골목까지 접어든 것이 꿈같기도 했다. 오후 햇살을 가득 받으며 벌을 받는 듯, 금방이라도 울 것처럼 서 있는 작은 개에게서 나는 눈을 뗄 수가 없었다. 흔은 중국어와 영어를 섞어 여자에게 말을 건넸고 여자는 한참을 영어로 설명해주고는 내게서 개를 떼놓듯 황급히 줄을 끌어당겼다.

골목을 돌아 나오자 하얀 저택들이 눈에 들어왔고 몇 개의 건물을 지나 비로소 그의 집을 찾을 수 있었다. 카두리 애비뉴 32A. 일 층은 하얀색과 붉은색 벽돌로 지어졌고 하얀색의 이 층과 삼 층은 유럽풍의 창문을 달고 있었다. 집과 집의 경계가 불분명해 보였고 32A가 적힌 나무문 위에는 크리스마스 화환이 걸려 있었다. 그리고 문 앞에 깔린 러그 위에 두 켤레의 신발이 있었다. 밤색 남자 구두와 여자 롱부츠였는데 부츠 한 짝은 발목이 꺾인 채 무심히 던져져 있었다. 그 옆으로 붉은 꽃이 가득 꽂힌 고무장화와 금동으로 만든 산타가 놓여 있고 WELCOME이라고 희미하게 새겨진 목판 장식이 한쪽에 자리하고 있었다.

이곳에 사는 사람들은 어떤 사람들일까. 장국영을 추억하는 이들을 환영한다는 의미일까. 얼마나 많은 이들이 이곳을 찾았을까. 순간 명치끝이 시큰거렸다. 우리는 선뜻 카메라를 꺼내지 못하고 주변을 서성거리다 망설이며 셔터를 몇 번 눌렀다. 이웃 주민이 사진을 찍고 있는 우리를 아무렇지도 않은 듯 스쳐 지나갔다. 차라리 높다란 담벼락에 무거운 철문이라도 달고 있었더라면 아무렇지도 않았을 것이다. 이렇게 바로 현관문을 마주할 수 있으리라고는 생각하지 못했다. 금세라도 그가 친근한 얼굴로 나올 것 같은 문 앞에서 서성거리며 우리는 쉽게 집 앞을 떠나지 못했다. 이곳에 사는 사람이라도 나오면 민폐다 싶어 이제 갈까, 돌아서려는데 저쪽에서 개를 끌고 한 여자가 다가오고 있었다. 우리에게 길을 안내해준 바로 그녀였다.

순간 우리는 우뚝, 걸음을 멈춰 섰고 그녀가 볼일이라도 있는 것처럼 우리 곁으로 다가왔다. 나는 인사라도 해야 하나 어색한 표정을 지으며 흔의 얼굴을 쳐다보았는데 그때 여자가 빠르게 우리를 스쳐 지나갔다. 그리고는 32A의 나무문을 번호키로 열더니 개를 데리고 안으로 쑥 들어가 버렸다. 이곳에 살고 있었구나. 장국영의 집을 묻는 우리에게 여자는 남의 집을 알려주듯 했었다. 잘 모르는 듯 고개를 갸웃하며 설명을 이어가던 여자. 평범한 일상사라는 듯 무심한 표정의 여자가 들어간 나무문을 우리는 한동안 쳐다보며 서 있었다.

홍콩에서 돌아온 후 석 달이 지났지만 흔에게서는 연락이 없다. 크리스마스를 앞두고 나는 한국으로 돌아왔고 잘 도착했다는 메시지를 그녀에게 보냈다. 나도 좋았고 고마웠어요. 또 만나요. 흔은 짧은 메시지를 보내 왔지만 나는 서울에서보다 한층 더 그녀와 가까워졌다고 믿었다. 나는 한국어학원의 강사 자리를 알아보며 한 달을 흘려보냈다. 그리고 강남의 한국어학원에서 외국인들에게 한국어와 토픽을 가르치게 되었다. 홍콩에서 온 학생들을 보면 흔이 생각났고 나는 부치지도 못할 편지를 끄적이기도 했다.

나는 그녀의 홍콩 주소를 모른다. 에버딘 지역 어디쯤이라고만 했다. 바닷가예요. 나는 홍콩 여행에서 바닷가 마을 에버딘에 가자는 말은 하지 않았다. 그녀가 먼저 가자고 해주길 바랐지만 어쩐지 그녀는 고향 이야기를 잘하지 않았다. 흔은 약혼한 적이 있다고 했다. 약혼하고 바로 파혼할 수밖에 없었던 이유를 말하지는 않았지만 그녀는 도피처로 한국에 왔는지도 모른다. 그러고 보니 흔과 나는 속마음을 털어놓지는 않았다. 서로가 서로에게 다가갔지만 항상 일정한 거리를 유지했다. 형제를 묻는 그녀에게 나는 그냥 오빠가 한 명 있어, 라고 말했다.

그날 저녁, 나는 오후 수업을 끝내고 영화관에 갈까, 잠시 고민하다가 집에 일찍 들어왔다. 아빠와 엄마는 저녁을 먹고 있었고 나도 손을 씻고 식탁에 앉았다. 오랜만에 함께 하는 저녁이었다. 엄마는 벌교 꼬막이야, 아빠와 수산시장에 갔다 왔어, 라며 내 쪽으로 꼬막무침 접시를 밀었고 아빠는 잔을 들어 막걸리를 들이켠 후 많이 먹으라며 나를 보셨다. 따뜻했다. 내가 홍콩에 다녀온 후 아빠는 한동안 나와 말을 하지 않았다. 내가 홍콩공항 면세점에서 사 온 가죽 지갑을 내밀었을 때도 아빠는 아무 말도 하지 않으셨다.

나는 식욕이 돌았고 벌교에서 올라온 꼬막의 껍데기를 까기 시작했다. 아빠는 바로 방으로 들어가지 않고 거실 소파로 가 앉은 후 텔레비전을 켰다. 텔레비전에는 기타리스트들의 연주회가 펼쳐지고 있었다. 아빠는 채널을 돌리지 않고 한동안 기타 연주를 보셨다. 저녁을 다 먹은 나는 테이블 위에 과일을 놓으며 무심코 내뱉었다. 오빠도 기타를 계속 쳤으면 죽지 않았을걸요. 아빠는 내 말에 뭐? 기타? 대꾸하며 나를 올려다봤다. 나는 금세 입을 다물었지만 아빠는 나 때문에 죽었다는 거냐? 그래? 내가 죽였구나. 그래, 내가 죽였어. 탄식하듯 말했다.

오빠가 학원에서 배운 기타로 밥벌이를 하겠다고 했을 때 아빠는 결사반대였다. 엄마가 생일 선물로 오빠에게 사준 기타를 부수기도 했고 기타학원 원장에게 전화를 걸어 수강하지 못하도록 하라고 엄포를 놓기도 했다. 여리고 착했던 오빠는 집 안에 기타를 숨겨놓고 아빠가 안 계실 때만 꺼내 줄을 고르곤 했다. 하지만 아빠가 오빠를 죽인 것이라는 생각은 한 번도 하지 않았다.

죽어버려야겠다, 내가 없어져야지. 엄마는 설거지를 끝낸 후 침실에 들어가 누워 있었고 소파에 앉아 있던 아빠는 내게 또 죽겠다는 말을 하며 자리에서 일어섰다. 아빠, 죽겠다는 말 좀 제발 그만 하세요. 뭐? 아빠는 왜 이리 화가 나신 걸까. 오빠가 죽은 지 팔 년이나 흘렀는데도 우리 가족은 그때 그 시간 속에 머물러 있었다. 아빠는 방문을 벼락 치듯 꽝 소리 나게 닫고 방으로 들어가 버렸다. 나는 혼이 나간 듯 소파에 앉아 텔레비전 화면을 응시했다. 이제는 남자 혼자서 기타를 치고 있었다. 언젠가 오빠와 대학로 극장에 가서 저 사람의 연주를 들은 적이 있었다. 그때 나는 솔직히 별 감흥이 없었고 기분을 살피려 자꾸만 오빠의 옆얼굴을 힐끔거렸었다.

연주는 곧 끝났고 나는 텔레비전 전원을 끄고 방으로 들어가려다 아빠 방문 앞에 섰다. 아빠, 아빠. 방문을 열고 들어가자 아빠는 무언가를 정리하는 듯 금고 안에서 통장과 인감도장, 서류를 꺼내놓고 있었다. 이건 집문서와 통장이다, 비밀번호는 네 엄마가 알아. 그리고 이건 현금 찾아놓은 건데, 엄마 줘라. 아빠는 옷장 문을 열고 정장 한 벌을 꺼내 윗도리를 걸치며 말했다. 아빠, 왜 이래요, 정말. 제가 잘못했다니까요. 한쪽 팔을 붙드는 내 손을 아빠는 거칠게 뿌리치며 말했다. 내가 못 죽을 줄 알아?

어느 길로 갔을까. 엄마와 나는 차들이 빠르게 질주하는 새벽녘의 횡단보도를 건너서 초등학교 쪽으로 걸어갔다. 이 초등학교는 오빠와 내가 다녔던 초등학교였다. 오빠는 유난히 달리기를 잘했다. 오월의 운동회날, 마지막 릴레이 경주에서 단연 주인공은 오빠였다. 초등학교 육 년 내내 한 번도 일등을 놓치지 않았던 오빠는 한 번은 운동화가 벗겨졌는데도 그대로 달려서 학부모와 전교생의 환호를 한 몸에 받았다. 나는 그런 오빠의 동생인 게 얼마나 뿌듯하고 자랑스러웠는지 모른다. 엄마도 그리고 아빠도 아마 그러셨을 것이다.

어린 시절 학교가 끝나고 오빠와 오빠 친구들을 따라 한강변에서 발을 담그고 놀았던 때가 있었다. 엄마와 아빠는 일하느라고 바쁘셨고 나는 오빠를 따라다니며 선머슴처럼 굴었다. 고무줄을 끊고 짓궂게 우산으로 가방을 잡아당기던 짝꿍도 우리 오빠를 알게 된 후부터는 더 이상 나를 괴롭히지 않았다.

초등학교 정문을 바라보고 서자 엄마는 내 손을 꼭 쥐며 잡아끌었다. 이쪽 길로 내려가면 돼. 오빠가 그렇게 가버린 후에는 한 번도 이쪽 강변을 찾지 않았다. 오빠가 보고 싶을 때마다 엄마와 아빠가 국화를 사서 이곳을 찾는다는 것을 알면서도 나는 짐짓 모른 체하며 집을 나오곤 했다. 그 강변을 다시 볼 자신이 없었다. 유년시절 놀이터였던 그곳에서 오빠는 마지막으로 무슨 생각을 했을까. 춥고 칠흑 같은 밤, 강물에 뛰어들 용기가 어떻게 생겼을까. 한없이 착하기만 해서 어쩌니. 엄마는 오빠가 아직 어린아이인 양 말하곤 했다.

한쪽으로 걸어. 내 손을 잡아끄는 엄마의 손이 가늘게 떨렸다. 초등학교 옆으로 난 샛길을 따라 내려가자 한강이 보이기 시작했다. 한강 변에 심어놓은 벚꽃이 어둠 속에서 하얗게 피어 있었고 어디에선가 아카시아 향이 코끝에 와 닿았다. 꽃들이 지천으로 피어 뚝뚝 떨어져 내리는 사월의 봄밤이었다. 새벽 두 시가 넘은 시각. 반대편에서 자전거를 탄 남자가 나타나자 내 손을 잡은 엄마의 손에 힘이 들어가는 것이 느껴졌다. 아빠가 돌아가실 수 있는 순간에도 무서울 수 있구나. 나는 남자의 자전거가 우리를 향해 질주하듯 달려오는 것을 보며 질끈 눈을 감아 버렸다.

고관절 수술을 해서 잘 걷지 못하던 엄마는 어느새 나와 보폭을 맞추며 걷고 있었다. 우리 동네의 강변이 이렇게도 넓고 길었나. 나는 우리 곁을 스치듯 지나쳐 가는 자전거를 뒤돌아보며 앞쪽으로 이어진 길을 바라보았다. 어쩌니, 어쩐다니. 못 찾으면 어쩌니. 죽으면, 죽어버리면 어쩌니. 엄마의 외마디 소리가 어둠을 가르듯 크게 들렸다. 한참을 내려가니 벤치 위에 신문지를 얼굴에 덮어쓰고 누군가가 누워 있었다. 우리는 흠칫 놀라며 가까이 다가갔는데 가로등 불빛 아래 드러난 모습은 아빠가 아니었다.

아빠는 집을 나설 때 정장 차림이었다. 가장 좋은 옷을 입고 떠나야 한다며, 옷장 한쪽에 걸어둔 양복을 꺼내 입었다. 나는 왜 그때 아빠를 말리지 못했을까. 아빠가 옷걸이에 걸린 옷을 꺼내 입고 현금 오십만 원이 든 봉투를 내놓으며 이리저리 책상을 정리하실 때도 나는 아빠 방 한쪽 벽에 걸린 달마 도사의 초상만 노려보고 서 있었다. 그래서 지금 어디 가신다는 거예요? 죽으러 간다. 어디로 가신다고요? 내가 못 갈 거 같아? 나는 아빠 얼굴을 쳐다보며 아빠, 제발 이제 그만 하세요, 그만하시라고요, 소리치듯 말했다. 왜? 내가 못 죽을 거 같아? 아빠의 눈에는 노여움이 가득했다. 지금 뭐하시는 거예요? 한강이라도 가시겠다는 거예요? 나는 해서는 안 될 말을 꺼내고 말았다. 그래 말 잘했다. 내가 못 갈 거 같아? 내가 못 죽을 거 같냐고? 몇 번이고 스스로에게 다짐이라도 하듯 아빠는 말했다.

어디서부터 잘못된 것일까. 오래간만에 온 가족이 함께 저녁을 먹은 날이었고, 아빠는 식전에 술을 좀 하셨는지 말씀이 많으셨다. 가끔 술을 드실 때면 아빠는 말이 많아졌지만 나는 싫지만은 않았다. 평소 말없이 바둑만 두던 아빠가 술기운을 빌려 가족회의를 한다며 엄마와 나에게 이런저런 이야기를 할 때면 어릴 적 다정했던 아빠 모습으로 돌아간 것 같았다.

저쪽으로 내려가 보자. 엄마는 철조망 옆의 뚫린 곳을 가리키며 말했다. 우리가 걷던 길옆으로는 한강으로 내려가지 못하도록 철조망이 쳐져 있었는데 어느새 철망이 끊긴 채 큰 돌들이 나타났다. 못 내려가, 여기서 봐요. 말리는 내 손을 엄마도 마다하지 않았다. 우리가 서 있는 곳에서 아래는 보이지 않았다. 강변으로 내려가려면 큰 돌들을 넘어야 했다. 어둠에 먹혀 버린 강물이 보일 리 없었다. 우리는 그 자리에 서서 어둠을 더듬었다. 여보, 엄마의 떨리는 음성이 들렸고 나도 낮게 아빠를 불러 보았다. 아빠, 제가 잘못했어요. 아빠, 아빠? 멀리서 들려오는 차 소리에 묻혀 내 목소리는 멀리 가지 못하고 도돌이표처럼 되돌아와 우리 발치에 떨어졌다. 어디선가 하수구 썩는 냄새가 스멀스멀 올라왔다. 조금 전까지 맡아졌던 꽃향에 섞여 더욱 고약한 냄새를 풍겨왔다. 엄마, 그만 가. 나는 으슬으슬 추웠고 누군가 나타나 우리 발목을 낚아챌 것 같아서 무서웠다.

우리는 한강 변을 빙 돌아 반대쪽으로 걸어서 집으로 돌아왔다. 공원 공사를 마무리하려는지 길목은 목재와 철근이 널린 채 위험하고 어지러웠고 나는 천근만근 무겁게 감기는 눈을 몇 번이고 비비며 비척비척 걸었다. 집으로 돌아온 시간은 네 시가 넘었고 나는 씻지도 못한 채 침대에 쓰러져 잠이 들었다. 오전 수업이 있는 날이었고 나는 조금이라도 잠을 자야 했다. 오전 아홉 시 수업을 마치고 나와 교무실 의자에 앉자마자 휴대전화가 울렸다. 여보세요? 여기 강남경찰서입니다. 어제 실종신고 하셨죠? 네, 맞아요. 찾으셨나요? 담당 형사는 잠시 말이 없었다. 오늘 아침 아홉 시 이십오 분에 한강대교 남단 하류에서 발견되셨습니다.

강남경찰서 형사계. 아빠의 지갑이 든 비닐봉지를 내미는 형사의 얼굴은 앳되어 보였다. 확인해보세요. 까만 가죽 지갑은 홍콩 여행에서 내가 사다 드린 것이었다. 지갑 안에는 주민등록증 한 장이 들어 있었다. 아빠는 양복을 차려입고 가죽 지갑 하나만 챙겼다. 그리고는 돈도 필요 없지, 이거면 되지, 라며 지갑 안의 현금은 모두 빼놓고 오만 원권 지폐 한 장을 넣었다. 아빠가 휴대전화를 주머니에서 빼 책상 위에 올려놓았을 때 나는 비로소 가슴이 뛰고 무서웠다. 물에 젖은 지갑은 눅눅했고 주민등록증의 아빠 얼굴은 오래되어 희미해져 있었다.

나는 형사의 안내를 받고 들어간 작은 방에서 삼십여 분 동안 질문에 답을 하며 눈물을 쏟아냈다. 어젯밤에 있었던 일을 자세히 있는 그대로 얘기해주세요. 빨리 끝내 드릴게요. 형사는 질문 중간중간 괜찮으세요? 몇 번이고 물었다. 방 천장 위에 시시티브이가 있고 내 음성은 녹음되고 있을 것이다. 나는 울먹거리며 말을 이어가다 잠시 숨을 고르고 형사 얼굴을 똑바로 바라보았다. 오빠 때는 이렇지 않았다. 그때는 형사계에 들러 소지품과 신분증만 확인한 후 병원으로 바로 갔다. 나는 연극을 하듯 약간 톤을 높여 형사에게 말했다. 제가, 제가 아빠를 죽였어요.

택시에서 내려 길을 건넌 후 병원을 향해 걸었다. 이 길은 익숙하고도 한없이 낯설다. 골목을 쭉 걸어 들어가 병원 장례식장을 지나쳐 영안실 계단을 내려갔다. 이 길을 지나 오빠와 만났다. 그때 그 계단을 다시 밟게 될 줄 누가 알았을까. 눈물에 계단이 흐렸다. 철문을 열고 들어서자 하얀 가운을 입고 마스크를 쓴 남자가 내게 이름을 물었다. 한 칸의 냉동고 문이 열리고 아빠의 알몸이 드러났다. 오빠는 퉁퉁 불어 피투성이 알몸이었는데 아빠의 몸은 온전하고 깨끗했다. 나는 한 발 다가서서 아빠의 얼굴을 응시했다. 아빠는 눈을 감고 잠시 오수에라도 빠진 듯 편안해 보였다. 오빠는 아빠를 닮아 키가 크고 반듯한 이목구비를 가졌다. 두 남자가 이렇게 내 앞에 누워 있다. 나는 아빠, 라고 부르지도 못하고 영안실을 빠져나왔다.

아빠의 방을 정리하는 것은 내 몫이었다. 엄마는 아빠의 방에 들어가기만 하면 눈물을 쏟으며 오열했고 무엇보다도 엄

202

마는 무서워하고 있었다. 산 자와 죽은 자의 길이 다른 법이야. 엄마는 죽음에 대한 공포가 컸다. 나는 이제 죽음이 두렵지도 무섭지도 않았다. 오빠가 죽은 후 세상에서 더 이상 나를 놀라게 할 일은 단연코 없을 것으로 생각했었다. 아빠가 이렇게 가버릴 줄은 몰랐다. 이건 말이 안 된다. 오빠가 한강에 빠져 죽은 후 아빠는 얼마나 많은 눈물을 쏟았던가. 하나 남은 자식이 먼 곳에 가서 사고라도 당할까 봐 아빠는 내가 멀리 집 밖을 나서는 것을 병적으로 두려워했다. 나는 숨이 막혔고 아빠에게서 벗어나고 싶었다. 하지만 이건…… 이건 반칙이다. 아빠가 이러면, 이러면 안 되지 않은가.

흔에게 아빠가 돌아가셨다고 문자를 보냈지만 답장이 오지 않았다. 전화를 걸면 신호만 갈 뿐 받지 않았다. 흔은 어디로 사라져 버린 것일까. 우리는 홍콩 여행 마지막 날, 빅토리아 피크에 올라 홍콩 야경을 감상했다. 화려하게 흩뿌려진 불빛을 내려다보며 그때 흔은 저 중에 내 집은 없어요, 쓸쓸하게 웃었다.

이제 흔은 내게서 거짓말처럼 사라졌다. 카톡의 프로필 사진도 내리고 자신의 흔적을 말끔히 지워 버렸다. 그녀가 언제 존재하기나 했던가. 나는 다음 달에 홍콩행 비행기를 타고 그녀를 찾아 나설 생각이다. 침사추이의 어느 빌딩 속에서 그녀를 보게 될지도 모를 일이다. 아빠는 납골당에 모셨다. 아빠 옆에는 오빠의 유골함이 있다. 아빠는 이제 좀 편해지셨을까. 아빠는 살고 싶으셨을 것이다. 죽고 싶다는 말은 간절히 살고 싶다는 말이 아니던가. 아빠의 사십구재를 지내고 돌아오는 길, 속절없이 꽃잎처럼 봄비가 내린다.

창백한 기타

어제는 그녀의 서른 번째 생일이었다. 명동에 있는 패밀리 레스토랑에서 그녀는 회사 동료들과 저녁을 먹었다. 프로방스풍의 드레스를 입은 여자들과 나비넥타이를 맨 남자가 세 개의 초를 꽂은 케이크를 들고 와 생일축하 노래를 불렀다. 노래가 끝나자 옆 테이블의 남녀가 함께 손뼉을 쳐주었고 그녀의 머리 위로 폭죽이 터졌다. 세 개의 초를 혹, 불어 끄면서 그녀는 이제 부끄러움을 이겨낼 나이가 되었다고 생각했다. 그녀는 생일 선물로 기타를 받았다. 연한 노란색의 세고비아 클래식 기타였다.

희주 씨, 좋아할 것 같아 우리가 준비했지. 생일 축하해.

기타 선물을 받고 그녀는 얼굴을 붉혔다. 언젠가 맥주 마시던 카페에서 기타 음이 매혹적이라고 했잖아, 가지고 싶다면서. 동료의 말에 그녀는 받아든 기타를 엉거주춤 가슴에 안았다. 곡선을 이루고 있는 나뭇결이 가슴에 와 부딪혔고 둥글고 매끈한 울림통이 따뜻했다. 기타 줄을 튕겨 보았다. 디딩, 작은 울림이 메아리를 남기며 떠돌았다.

집으로 돌아와서 그녀는 케이스에서 꺼낸 기타를 한쪽 벽에 세워두었다.

기타는 팽팽한 현을 느슨하게 풀어놔야 해. 그래야 휘어지지 않고 수명이 길어져. 누군가 그녀에게 그랬다. 하지만 그녀 마음의 기타 줄은 이미 끊어진 지 오래다. 누가 튕겨도 더는 울리지 않는다.

1. 로이 부케넌, 종각, 미안해

그녀는 그와 종로에 있는 한 술집에 마주 앉아 있다. 테이블이 고작 다섯 개뿐인 작은 호프집이다. 테이블마다 나무로 된 칸막이가 있어 답답하게 느껴진다. 중앙에 있는 테이블만 비어 있고 네 개의 테이블에는 사람들이 앉아 맥주잔을 기울이고 있다. 그녀의 스무 살 생일날. 회사 앞 식당에서 같은 부서

직원들과 삼겹살을 구워 소주를 마신 뒤 그와 종로로 나왔다.

그녀는 직원이 스무 명 있는 작은 무역회사에 다닌다. 고등학교를 갓 졸업하고 들어간 첫 직장이다. 그녀가 근무하는 부서에는 무역 업무를 맡은 다섯 명의 사원과 관공서 출입 직원 두 명, 그리고 독문과를 졸업하고 입사한 그가 있다. 그녀는 그들이 건네준 공문을 컴퓨터로 작성하고 우편물을 발송하는 일과 회계 업무를 담당하고 있다. 직원들은 모두 친절하고 얼굴이 유난히 동그란 노처녀 직원은 그녀의 머리를 쓰다듬으며 말하곤 한다. 희주야, 한창 공부할 나이에 고생한다.

지방에 홀로 남은 엄마를 떠나 서울에서 생활하는 그녀. 별이 들지 않는 반지하 월세방에 살고 있지만 그녀는 주위 누구에게도 그 사실을 말하지 않는다. 어려운 일이 있어도 힘든 기색을 하지 않는다. 그건 스스로 지켜야 할 자존심이라고 생각한다. 편해지려고 마음먹으면 얼마든지 그럴 수 있다. 하지만 정말 힘든 사람은 힘들다고 말하지 못하는 법이다. 그리고 가난이 부끄럽지도 않았다.

생일 선물, 집에 가서 풀어봐.

이른 출근을 한 그가 그녀에게 작은 쇼핑백 하나를 내민다. 흑백 영화배우 사진이 프린트된 쇼핑백 사이로 얇은 레코드판이 보인다. 남자에게 난생처음 받아보는 선물이다. 그녀의 얼굴이 확 달아오른다.

고마워요.

어색하게 미소 짓는다. 무슨 말인가를 하려고 그가 입을 떼려는데 유리문을 밀고 다른 직원들이 안녕, 좋은 아침, 인사를 하며 들어선다. 그녀는 얼른 책상 밑으로 쇼핑백을 감추며 일어나 화장실로 간다. 거울에 얼굴을 비춰보며 물 틀어 손을 닦는다. 화장기 없는 얼굴, 어깨에 닿는 단발머리. 물 묻은 손으로 양쪽 뺨을 감싸 쥔 채 오래 서 있다. 달아오른 뺨의 열기가 물과 함께 떨어져 내린다. 그날 저녁 직원들과 저녁을 먹는다. 희주 씨는 참 좋은 나이야. 누군가 말하자 그러엄, 꽃 같은 나이지, 다른 이가 맞장구를 친다.

스무 살, 꽃 같은 나이.

노릇노릇 구워지기 시작하는 삼겹살을 젓가락으로 누르며 그녀는 불판만 내려다본다. 소주를 들이켜자 식도가 타들어가는 것처럼 쓰고 뜨겁다. 좋은 나이에도 술은 쓰구나. 입안이 데는 것도 모르고 그녀는 삼겹살을 밀어 넣는다. 식당을 나와 사람들과 헤어지고 그녀는 그와 걷는다. 맥주를 마시러 가자. 종각역에 이르자 그가 팔을 잡아끈다. 종각 뒷골목에 숨어 있는 주점은 네온사인을 이용해 별천지를 만들어놓은 다른 호프집에 비해 지나치게 어두워 보인다.

이 집 맥주는 싱겁지 않아, 다른 곳은 물을 타거든. 맥주 맛을 모르는 그녀는 한쪽 벽 위 커버를 씌워놓은 작동되지 않은 에어컨을 바라보며 미지근하고 끈적거리는 느낌을 들이켠다. 입사하고 넉 달째, 그와 단둘이 술을 마신 것은 처음이다. 그는 스물여덟 살이며 희고 마른 얼굴에 금테안경을 쓰고 있다. 평소 말이 없는 그가 얼굴을 찡그리며 크게 웃을 때면 그녀는 오래전에 요절한 시인을 떠올리곤 한다. 난해한 시로 뭇사람의 시선을 사로잡던 시인. 어느 사람에게서 일정한 이미지를 계속 떠올린다는 건 하나의 그리움을 만들어가는 과정이다. 자신의 의사와는 상관없이 말이다.

열한 시가 넘어 술집에서 나온다. 유월의 여름밤, 어디선가 아카시아 향기가 넘실넘실 떠다니며 술 마신 가슴 한쪽을 어지럽힌다. 밤늦은 시간에 아랑곳없이 거리의 불빛은 휘황했고 어디선가 술을 들이켠 사람들이 하나둘씩 거리에 나와 떠다니고 있다. 조용한 곳으로 가자. 그가 그녀를 쳐다보지도 않고 앞서 걸어간다. 길을 잃지 않으려는 아이처럼 그녀는 그의 뒤를 따른다. 상점과 주점이 즐비하게 늘어서 있는 곳을 벗어나 종각 앞에 멈춰 선다. 울타리를 만들어 화단을 가꾸어놓은 한쪽 옆 낮은 돌담 위에 그가 털썩, 주저앉는다. 그녀는 누각 속에 매달린 커다란 종을 바라본다. 갑자기 종이 뎅뎅, 소리를 내며 흔들릴 것만 같다. 집으로 돌아가 눕고 싶다는 생각을 하는데 그가 앉아, 하며 그녀의 팔을 잡는다. 열기가 식지 않은 돌 위에 앉으며 그녀는 흰색 플레어스커트를 움켜쥔다.

꽃내음은 밤에 더욱 진동하는가. 눈 감고 그녀는 아카시아 향기를 삼키듯 숨을 들이마신다. 후우, 한숨을 내쉬며 눈을 뜨는데 그가 입술을 입으로 막는다. 읍, 외마디 소리를 내며 그녀는 두 팔로 그의 얼굴을 밀어낸다. 뒤로 밀려난 그가 씨익 웃고는 다시 어깨를 힘주어 껴안는다. 그에게 입술을 빼앗긴 채 그녀는 입을 열지 않으려 입술을 앙다문다. 억지로 입을 벌리려 하던 그가 속삭인다.

희주야 벌려봐, 어서. 음성이 낮게 꺼져 있어 스산한 기운이 어깨를 뒤흔드는 듯 들린다. 그녀는 고개를 가로저으며 그의 얼굴을 피한다. 그가 화난 듯 한쪽 팔을 들어 그녀의 얼굴을 움직이지 못하게 하고는 억지로 입을 열게 한다. 힘없이 벌어진 입속으로 그의 혀가 들어온다. 헤엄치듯 속을 핥고 있는 그의 혀를 느끼며 그녀는 종각 곁을 무심히 지나치는 행인들을 쳐다본다. 이럴 때 여자는 눈을 감아야 하는 건데, 그런 생각을 하며.

여자인 줄 알았더니, 아직 어린애구나.

좌석버스 정류장까지 바래다주며 그가 말한다. 그녀는 아무 말 없이 걷기만 한다. 멈춰선 버스에 올라서는 그녀의 뒤에다 그가 소리친다.

미안해.

집으로 돌아와 그가 건네준 쇼핑백에서 레코드판을 꺼내 표지를 들여다본다. 옆모습을 보이며 기타를 치고 있는 남자의 흑백 사진 옆에 '로이 부케넌'이라고 쓰여 있다. 비닐을 뜯어 검고 둥근 판을 꺼내 왼쪽 엄지손가락 위에 올려놓고 돌려본다. 빙그르르, 돌던 판이 바닥으로 떨어진다. 그녀는 그것을 다시 들어 올려 돌리며 흥얼거린다. 디딩, 디디딩. 윤기 있고 빛나는 음색이 귓속으로 파고드는 듯하다.

다음 날 그녀는 인터넷에서 '로이 부케넌'의 노래를 찾아 듣는다. 독백하듯 중얼거리는 남자의 목소리 뒤로 기타 음이 끊어질 듯 끊어질 듯 이어져 나온다.

"The messiah will come again 메시아가 다시 올 거예요."

그녀는 첫 곡을 반복해 듣고 또 듣는다.

2. 모래바람 섞인 석계역, 언제나 공사 중인

가을이 깊어가던 일요일, 그녀는 그를 찾아간다.

석계역이야.

전화를 걸어온 그의 목소리는 피곤하게 들린다. 그쪽으로 내가 갈게요. 그가 먼저 만나자고도 하지 않았는데 그녀는 빠르게 말한다. 그럴래? 전화를 끊고 옷장 속의 치마를 뒤적인다. 난 치마 입은 여자가 좋더라, 희주 너처럼 단발머리에 말이야. 언젠가 시내를 함께 걷던 그가 한 말을 기억해낸다. 창문을 통해 찬바람이 들어오는 것을 느끼고 스웨터를 꺼내 걸친다. 현관문을 잠그고 계단을 지나 지상에 올라서자 회오리바람이 한차례 흙먼지를 싣고 와 발목에 감겨든다. 쫓기듯이 그녀는 걸음을 옮긴다. 바람이 불고 가로수에서 붉고 노란 나뭇잎들이 거리로 떨어져 내린다. 갈색 스웨터에 검정 스커트를 입고 그녀는 뚝뚝, 떨어져 내린 가을을 밟으며 걸어가 전동차를 탄다.

전동차에서 내려 그가 말한 출구로 나서자 갑자기 바람이 강하게 불며 그녀의 치맛자락을 휘감아 추켜올린다. 두 손으로 치마를 쓸어내리자 어깨에 메고 있던 검정 핸드백이 미끄러져 내린다. 지하철역을 빠져나오자 한쪽 옆으로 철근과 건축자재가 쌓여 있고 '공사 중'이라는 푯말이 세워져 있다. 모래를 덮어 놓은 파란색 천이 바람에 펄럭이며 먼지를 날린다.

공사 중인 곳을 지날 때는 항상 비좁고 바람이 불었던 것 같다. 그리고 그와 만나게 되면서 유난히 공사 중이라는 푯말과 자주 마주쳤다고 그녀는 생각한다. 지나왔던 불편했던 길들은 이제 모두 제자리를 찾았을까. 약속 장소인 공원을 찾기 위해 그녀는 두리번거린다. 벤치가 두 개이고 나무가 몇 그루뿐이지만 공원으로 불려. 그가 말한 공원에서 시계를 들여다보니 다섯 시 십 분 전이다. 바람이 발등에서 맴돌며 떠나지 않는다.

약속 시간에서 십 분이 지나서야 그는 나타난다. 깜박 잠이 들었어. 그가 말한다. 그의 팔짱을 끼고 그녀는 포장마차로 들어간다. 닭꼬치에 소주를 마신다. 한 병의 소주를 비우고 맥주를 마신다. 몇 분 간격으로 열차가 떠나는 소리가 들려온다. 포장마차를 나오자 그가 묻는다. 우리 집에 갈래? 싫어요. 그

녀는 토라지듯 말한다. 그럼 걷자. 그녀는 그와 무작정 걷는
다. 주위가 어두워져서야 공원으로 다시 돌아온다.

공원은 밤이 되자 제법 숲의 냄새를 내뿜고 있다. 그녀는 그
와 숲 그늘을 찾아 들어선다. 술기운에 얼굴이 붉게 달아오른
그가 벤치에 앉으며 푸우, 크게 숨을 내쉰다. 녹색 페인트를
입힌 나무 벤치 곳곳에 잎새가 떨어져 있다. 손으로 나뭇잎을
치우며 그녀는 의자에 앉아 하늘을 본다. 초승달이 표정 없이
떠 있다. 벤치 등에 한쪽 팔을 걸친 그가 담배를 꺼내 입에 문
다. 라이터 불빛이 힘없이 켜졌다 스러진다. 그가 담배를 빨자
작은 불꽃이 타들어 간다. 별똥별 같다. 불꽃이 어둠 속에서
그의 콧등 아래를 붉게 물들이며 드러났다 사라진다.

그의 얼굴 윤곽이 뚜렷하지 않고 눈빛은 보이지 않는다. 기
타 소리가 들려온다. 부드럽고 감미로운 그리고 따뜻한. 그와
함께라면 그녀는 항상 기타 소리를 들을 수 있다. 갑자기 담배
가 피우고 싶다. 그를 쳐다본다. 피울래? 그가 권해줬으면. 그
는 그녀를 쳐다보지 않는다. 그녀는 곁에 떨어져 있는 나뭇잎
을 들어 입가에 가져다 댄다. 까슬한 느낌이 입술에 전해진다.
그가 피우다 만 담배를 발밑에 던지고 구둣발로 비벼 끈다. 어
디선가 불어온 바람이 짓이겨진 담배를 쓸어간다. 열차가 지

나가는 소리가 들린다. 고개 들어 그녀는 먼 곳을 바라본다. 저 멀리 도시의 스카이라인을 가르며 달리는 전동차의 불빛이 보인다.

희주야.

그가 그녀의 이름을 부른다. 침묵 끝에 불린 자신의 이름이 낯설어 그녀는 가만히 그를 바라본다. 그가 몸을 돌려 그녀의 어깨를 안으며 가슴에 얼굴을 묻는다. 그녀는 팔을 돌려 그의 얼굴을 끌어안는다. 그의 숨결이 느껴진다. 어린아이에게 하듯 그의 어깨를 살짝 토닥인다. 갑자기 그가 얼굴을 들며 가슴을 밀치듯 일어선다. 그리고 주위를 둘러본다. 그녀는 의아한 눈길로 그를 쳐다본다. 벤치와 멀리 떨어진 어둠 속에서 산책하듯 멀어져 가는 사람들의 뒷모습이 아슴푸레하게 보인다. 그가 바지 벨트를 풀며 그녀를 내려다본다. 가로등 불빛을 받은 그의 안경이 이물스럽게 보인다. 그녀는 자리에서 벌떡 일어나 그의 팔을 잡는다. 그가 거칠게 팔을 뿌리치며 그녀를 의자에 주저앉힌다. 자동인형처럼 앉혀진 그녀는 그를 올려다보며 말한다. 싫어요. 그가 그녀 말을 자르며 낮게 내뱉는다.

조용히 해.

그녀는 입을 벌린 채 뒷말을 잇지 못한다. 그녀에게 눈길을 떼지 않은 채 그가 바지 지퍼를 내리고 그녀의 머리를 눌러 벤치에서 내려오게 한다. 그의 발밑에서 그녀는 무릎을 꿇는다. 스커트가 당겨져 위로 올라오고 흙바닥에 닿은 스타킹 신은 다리가 저려온다. 그가 바지를 내린다. 가로등 불빛에 거웃이 드러나 있고 우뚝 솟은 그가 보인다. 그녀는 눈을 감고 뜨지 않는다. 그가 신음하듯 내뱉는다.

넣어 제발, 나를 넣어 줘.

소리가 되지 못한 말 대신 그녀는 거세게 고개를 가로젓는다. 그가 그녀의 뒤통수를 잡고 앞으로 끌어당긴다. 그가 입안으로 밀려들어온다. 그녀는 신음 소리를 내며 눈을 감는다. 그의 안경에 담긴 초승달이 몸을 떨듯 흔들린다.

3. 흑맥주, 화장실에 갇힌 독일

나랑 독일에 갈래?

마로니에 공원 벤치에 앉아 독일어 원서를 넘기고 있던 그가 그녀에게 묻는다.

……

독일. 그녀는 아무 대꾸 없이 구둣발로 흙바닥을 톡톡, 치기만 한다.

독일은…… 왜요?

그의 눈길을 피하며 그녀는 되묻는다.

그냥, 맥주가 있으니까. 음, 그리고 난 말이야. 맥줏집을 하고 싶어.

그가 하품하듯 성의 없이 말하며 지나가는 이들을 바라본다. 맥줏집을 하려고 그 먼 독일까지 간단 말인가. 그녀는 시선을 돌려 빙 둘러서서 초상화를 그리고 있는 거리의 화가들을 쳐다본다. 저들도 별다른 이유 없이 먼 나라로 떠날 꿈들을 안고 있을까. 갑자기 바람이 차게 느껴진다.

술 마시러 가자. 그가 일어서며 큰길가에 불 밝히고 있는 '하이델베르크' 호프집 간판을 가리킨다. 커다란 홀에 비해 테이블이 듬성듬성 놓여 있는 술집 안은 평일 저녁이라 그런지 한산하다. 창가에 자리가 있는데도 그는 구석진 자리를 찾아 앉는다. 밖을 내다보며 술을 마시고 싶은 그녀는 테이블에 무늬를 만들고 있는 전등갓이 마음에 들지 않는다. 테이블 위의 빗살무늬 모양을 손가락으로 훔쳐내듯 문질러본다. 무늬는 지워지지 않는다.

오늘은 흑맥주를 마시자.

그는 흑맥주와 감자튀김을 주문한다. 뭘 먹겠느냐고 묻지 않는다. 언제나 똑같은 메뉴다. 하지만 그녀는 불평하지 않는다. 종업원이 가져온 맥주를 들이켜며 그가 친구 이야기를 한다. 글쎄, 여자가 콜라빛으로 웃는다나. 뭐 그런 싱거운 자식이 있는지 몰라. 그 청량감에 반했대. 여자의 웃음에도 빛깔이 있다면서 무채색 웃음은 싫대. 그의 친구들을 한 번도 만난 적이 없다. 그녀는 감자튀김을 들어 케첩에 찍어 먹는다. 케첩이 쓰다.

음, 근데 희주 너는 어떤 빛이지? 한번 웃어봐, 어서.

그가 얼굴을 바짝 그녀 쪽으로 들이댄다. 그녀는 움칫 뒤로 물러난다. 눈길을 테이블 위에 떨어뜨리자 그도 그녀에게서 얼굴을 돌린다.

연애 나부랭이를 하면서 감상에 젖는 여자를 나는 좋아하지 않아.

맥주 거품을 입에 묻힌 채 느닷없이 그가 말한다.

언제부턴가 기타 음이 홀 안에 흐르고 있다. 부드럽고 여유 있으면서도 굴곡이 있는 트레믈로 연주법이 이어진다.

내가 무슨 잘못이라도 한 것일까. 그녀는 고개 들어 그를 쳐다본다. 금테안경 탓에 그의 눈빛을 읽을 수 없다. 가슴이 답답해져서 그녀는 주석으로 만든 잔을 만지작거린다. 찬 기운이 서서히 가슴 밑까지 내려앉는다.

그가 말없이 일어나 홀 안쪽으로 걸어간다. 그의 뒷모습을 쫓자 화장실 표지가 눈에 들어온다. 그녀는 주석잔 들어 맥주를 그의 잔에 조금 따른다. 사실 그녀는 맥주를 잘 마시지 못한다. 하지만 그의 앞에서는 단번에 들이켜곤 한다. 그런 그녀에게 그는 말한다. 희주 너도 맥주를 좋아하는구나.

그녀는 창 쪽을 본다. 희뿌옇게 흐려 있다. 잔에 남은 맥주를 홀짝홀짝 다 마셨는데도 그는 오지 않는다. 자리에서 일어나 그녀는 화장실로 걸어간다. 그가 입구에 기대서 담배를 피우고 있다. 담배 연기가 그의 얼굴을 감싸고돈다. 그녀는 살짝 웃어 보이며 화장실로 들어간다. 남녀공용 화장실에는 사람이 없다. 화장실 칸 안에 들어서자 그곳에도 매캐한 담배 연기가 가득 차 있다. 물 내려가는 소리가 끝나기도 전에 그녀는 문을 열고 나온다. 어느새 들어왔는지 그가 그녀에게 다가온다.

잠깐이면 돼.

그가 그녀를 끌고 화장실 안으로 들어가 문을 잠근다. 너무 놀라 그녀는 아무 말도 하지 못한다. 그가 거칠게 그녀를 벽

쪽으로 밀어붙인다. 앞가슴을 움켜쥐며 치마를 들어 올리고 팬티를 끌어 내리려고 한다. 그녀는 그의 가슴을 힘껏 밀쳐내며 소리친다. 싫어요. 손으로 입을 틀어막으며 그가 내뱉는다.

왜 그래? 너, 나를 좋아하잖아.

그의 눈빛이 흐릿하게 풀려 있고 목소리가 갈라져 있다. 손으로 그의 가슴을 세게 치며 그녀는 낮게 외친다. 그래도, 그래도 이건 싫어, 싫단 말이야. 그는 서둘지 않고 그녀를 쳐다보며 천천히 바지 벨트를 푼다. 금속성의 마찰음이 화장실 안에 크게 울린다. 누군가 들어올 것만 같다. 문 쪽으로 얼굴을 돌린 채 그를 다시 힘껏 밀친다. 그의 몸이 뒤쪽으로 밀려나며 벽에 부딪친다. 그의 얼굴이 일그러진다. 소리 지를 거예요. 그가 멈칫 한 후 문을 열고 나가자 그녀는 바닥에 쪼그려 앉는다. 움직일 수가 없다.

4. 공무원, 어른이 되고 싶어

그에게선 전화가 없다.

그가 회사를 그만둔 건 흑맥주를 마시고 헤어진 뒤 꼭 보름

만이다. 뭔가 다른 일을 해야겠어. 이건 아니야. 그의 얼굴이
어두워 보여 그녀는 말없이 고개만 끄덕인다. 그리고 한 달이
흘렀다. 공무원 시험 준비를 하고 있어, 전화를 건 그녀에게
그가 말한다. 그녀는 그가 지금 잠시 쉬고 있는 거라고 생각한
다. 그는 공무원 같은 건 되지 않을 것이다. 그가 쉬는 동안 그
녀는 독일어를 공부한다. 책을 읽다가도 독일, 이라는 단어가
나오면 가슴이 뛰고 빨간 펜으로 밑줄을 긋는다. 거울 앞에 앉
아 웃어보기도 한다. 나도 콜라빛 웃음을 갖고 싶다. 무채색을
버리고 싶다.

그녀는 그에게 전화를 한다.

받지 않는다. 며칠째 맥주를 마시고 전화를 한다. 밤 열한
시, 그가 전화를 받는다. 잠에서 깬 음성이다. 미안해요, 그녀
는 서둘러 전화를 끊는다. 그리고 석 달 뒤, 찻집에서 그를 만
난다. 그는 커피 두 잔을 시킨다. 더 이상 그는 그녀와 맥주를
마시지 않는다. 그는 말단 구청 공무원이 되어 있다. 몇 년만
이렇게 생활할 거야. 커피잔을 입에 대며 그가 말한다.

그럼 독일은 어떻게 해요?

입속에서 맴도는 말을 삼키며 그녀는 뜨거운 커피를 마신다.

로이 부케넌, 듣고 있어? 기타 음이 가슴을 쥐어뜯는 것 같

지. 대학 때 내 꿈이 뭐였는지 알아?

대답을 기다리지도 않았는지 그가 말을 잇는다.

기타리스트였다. 로이 부케넌은 그때 내가 처음 만난 연인
이지. 그 음악 들으며 나는 수음을 해.

그날 밤 그녀는 로이 부케넌의 음악을 듣는다. 수음을 하
고 있는 그의 일그러진 얼굴이 떠오른다. 기타 음이 그녀의
몸을 휘감고 돈다. 아랫도리에서 싸아 하니 통증이 느껴지는
듯하다.

5. 부끄러움

미안해요.

처음 키스한 남자에게 그녀는 말한다.

남자는 외면하듯 말하는 그녀를 어이없는 얼굴로 물끄러미
쳐다만 본다.

집까지 바래다주는 건 남자로서 기본이죠.

괜찮아요, 혼자서도 갈 수 있어요.

사양하는 그녀의 팔을 잡으며 남자는 단호하면서도 다정하

게 덧붙인다.

여자 혼자서는 위험해요.

어둑한 골목길, 길게 드리워진 가로등 불빛을 밟으며 그녀는 남자와 걷는다. 이 가로등 빛이 끝나기 전에 남자는 입술을 훔칠 것이다. 또각또각, 밤하늘에 박히듯 들리는 하이힐 소리를 들으며 그녀는 생각한다. 전봇대의 가로등 불빛을 등지며 남자가 그녀를 벽에 몰아붙이고 더운 숨을 몰아쉰다.

잠깐만, 잠깐만 이대로 있어요.

입술에 닿는 남자의 숨이 달다.

당신이 더 위험하군요.

그녀는 벽에 등을 붙인 채 눈을 감으며 농담처럼 말한다.

남자가 그녀의 입술을 먹어버릴 듯 거칠게 빨아들인다. 그녀는 남자를 세게 밀쳐 버린다. 남자가 벌겋게 상기된 얼굴로 그녀를 쳐다본다. 그녀는 차갑게 돌아서 하이힐 소리를 또각또각 내며 골목길을 빠져나간다.

이제 그녀는 맥주를 즐겨 마신다. 흑맥주의 톡 쏘는 차가운 맛과 향기를 좋아한다.

호프집 '하이델베르크'에 앉아 어두운 조명 아래서 흑맥주와 샐러드를 주문한다. 옆 테이블에 감자튀김과 맥주가 놓여 있다. 마주 앉아 있는 남녀의 얼굴을 쳐다본다. 여자는 맥주잔을 두 손에 꼭 쥔 채 남자를 바라보고 있다. 그녀는 두 사람의 얼굴을 일별하며 맥주를 마신다. 그리고 핸드백에서 지포 라이터를 꺼내 만지작거린다.

희주 너에게 잘 어울릴 것 같아. 연약한 듯하지만 묘하게 강한 구석이 있거든.

얼마 전 만난 남자의 손안에 쥐어져 있던 사각형의 라이터는 따뜻했다. 그녀는 라이터를 손바닥에 올려놓고 둔중한 쇠붙이의 무게감을 즐긴다. 여자가 어떻게 담배를 피워야 멋있어 보이는가를 그녀는 잘 알고 있다. 처음 담배를 피울 무렵 거울을 보며 담배를 피우곤 했다. 다리를 꼬고 앉아 왼손가락에 담배를 끼우고 손가락은 곧게 뻗고, 고개를 약간 든 채 담배를 피우면 도도해 보인다는 것을 알고 있다. 대개 처음 만난 남자는 희주의 그런 모습을 좋아한다. 남자 여자의 가벼운 만남에서 술과 담배는 양념과 같은 것이다. 담배 피우는 그녀에게 간혹 걱정 어린 말을 하는 남자들도 없는 건 아니다.

결혼해서 끊으려면 힘들 텐데, 아이 걱정도 해야지.

남편이라도 되는 것처럼 말하는 남자들을 볼 때면 그녀는 빙그레 미소 지으며 담배 연기를 남자의 얼굴에 훅, 내뿜어준다.

혼자서 술 마시는 그녀에게 종업원이 맥주 두 병을 내민다.

저쪽 남자분이 보내셨습니다.

남자 한 명이 앉아 그녀를 바라보고 있다. 그녀는 남자를 힐 끗 쳐다보며 조금 웃어준 후 말한다.

사양할게요. 일행이 있어요.

그녀는 남자와 약속이 있다. 이른 퇴근을 해서 약속 시간보 다 빨리 도착한 것이다. 이제 그녀는 십 분 이상 남자를 기다 리지 않는다. 그녀에게는 몇 분을 기다리지 않고도 만날 남자 들이 있으며 그들은 결코 그녀를 혼자 있게 만들지 않는다. 남 자는 약속 시간 오 분 전에는 이곳에 도착할 것이다. 그녀는 내기라도 하는 기분으로 손목시계를 풀어 테이블에 올려놓는 다. 나무문을 밀고 남자가 들어선다. 남자는 두리번거리지 않 고 성큼성큼 걸어와 앞 의자에 앉는다.

많이 기다렸어? 일찍 왔네.

웃으며 그녀는 고개를 가로젓는다.

남자는 그녀에게 매일 전화를 걸어온다. 두세 번씩 걸려오 는 전화를 그녀는 당연한 일과처럼 받아들이고 있다. 이 남자 와 헤어지고 나면 한동안 울리지 않는 전화벨 때문에 그녀는 우울할지도 모른다. 그것도 잠시뿐일 테지만.

남자는 차가운 주석잔에 술을 가득 채워준다. 흑맥주에 흰 거품이 일어난다. 그녀는 맥주잔을 들어 단숨에 들이켠다. 차가운 기운에 가슴속이 싸르르 시려 온다. 홀 안에 흐르던 재즈 음악이 기타 음으로 바뀐다. 그녀는 문득 기타 선율이 창백하다는 생각을 한다. 남자가 포크에 안주를 집어 그녀에게 내민다. 그녀는 남자가 내민 안주를 받아먹는다. 남자가 빈 잔에 흑맥주를 다시 따라준다.

나랑 독일에 갈래요?

잔을 입으로 가져가려다 말고 그녀는 남자에게 지나가는 말처럼 묻는다.

독일? 가고 싶어?

남자는 두 눈을 반짝이며 되묻는다.

뭐, 그냥. 맥주가 있으니까. 난 말이에요, 맥줏집을 하고 싶어요.

그녀의 대답에 남자는 사뭇 진지한 얼굴이 되어 말한다.

맥줏집? 좋아, 생각해볼게.

갑자기 그녀는 유쾌해져 소리 내 웃고 싶어진다. 깔깔, 큰 소리로. 이런 웃음소리는 그녀의 것이 아니었다. 지금까지의 웃음에는 소리가 없었다. 그녀는 지나칠 정도의 큰 소리로 눈에 눈물이 날 때까지 웃는다. 다른 테이블에 앉아 있던 사람들이 따가운 시선을 그녀에게 보낸다. 웃음을 그치지 못한 얼굴로 그의 얼굴을 건너다본다. 남자는 불편한 기색 하나 없이 그녀를 바라보고 있다. 그 시선에 따뜻함이 가득 고여 있다. 그녀는 남자의 시선을 비켜 맥주를 들이켠다.

연애 나부랭이에 목매는 남자를 나는 별로 좋아하지 않아요.

흑맥주 거품을 입가에 묻힌 채 그녀는 심드렁하게 말한다.

남자의 얼굴에 당혹스러움이 스쳐 지나간다.

자리에서 일어서며 그녀는 남자의 손을 잡아끈다. 의아한 표정으로 남자는 그녀를 따라온다. 화장실 표지가 눈에 들어온다. 남자를 끌고 여자 화장실 안으로 들어가 문을 잠근다. 남자의 얼굴이 곤혹스럽게 일그러진다.

여기서 해요. 하고 싶댔잖아요.

남자를 벽면으로 밀치며 그녀는 그의 입술을 입으로 막아버린다. 남자는 얼굴을 돌리며 그녀를 밀어낸다. 그녀는 남자의 두 손을 가슴에 얹고 남자의 아랫도리에 손을 갖다 댄다. 남자가 움찔, 몸을 떨며 그녀의 가슴을 꽉 움켜쥔다. 남자의 바지 벨트를 푼다. 철컥, 소리를 내며 벨트가 풀린다. 천천히 남자의 바지를 끌어 내린다. 거칠어진 남자 손길이 그녀의 치마를 걷어 올린다. 검정 망사 팬티를 끌어 내리는 남자 손이 가늘게 떨리고 있다. 그녀는 남자에게 타이르듯 속삭인다.

서둘지 말아요. 아프지 않게 할게요.

남자가 그녀를 와락, 껴안는다. 더운 숨소리가 뒤섞이고 그가 그녀를 파고든다. 그는 부드럽다. 그가 빠르게 움직인다. 홀 안의 기타 음이 문틈으로 새어 들어온다. 무채색의 음감이다.

누군가 화장실 문을 똑똑, 노크한다. 남자가 움직임을 멈춘다. 그녀는 왼쪽 손으로 화장실 문을 두드리며 남자의 귀에 속삭인다.

멈추지 말아요.

그녀에게는 아주 비싼 오디오가 있다. 두 달 전에 산 것이다. 가장 음색이 좋은 거로 주세요. 그녀의 말에 판매원은 은빛 오디오 세트를 가리켰다. 요즘 귀한 오디오예요. 작지만 견고하고 고급스러워 보이는 오디오를 그녀는 그 자리에서 바로 구입했다. 다음날 배달된 오디오 세트를 설치하고 종일 기타 음악을 들었다. 어느 때부터인가 그녀는 레코드판을 수집하기 시작했다. 특히 기타 음이 섞인 음악이면 그 어떤 것이라도 사들였다. 그리고 기타를 조금이라도 칠 줄 아는 사람을 만나면 물었다.

'로이 부케넌'을 아느냐고.

그녀가 원한다면 독일에 가겠다던 남자는 기타를 배우기 시작했다. 남자가 기타를 익힐 때쯤 그녀는 미안해요, 라고 말하고 새로운 남자를 찾아 나설 것이다.

이제 그녀는 모든 음악을 시디플레이어로 듣는다. 잡음 하나 없이 깨끗한 음질이 스피커를 통해 방 안 가득 들어찬다. 바늘에 긁힘 없이 상처 하나 없는 소리가 흐른다.

하지만 그녀는 로이 부케넌의 기타 음은 레코드판으로 듣는다. 이제는 자국이 생기고 세월의 홈집이 난 레코드판을 턴테이블에 올린다.

기타 음이 끊어질 듯 끊어질 듯 이어져 나온다.

"The messiah will come again 메시아가 다시 올 거예요."

그녀는 첫 곡을 되돌려 반복해 듣고 또 듣는다.

그녀는 독일어 학원에 다니고 독일어 원서를 읽는다. 책장에 꽂혀 있는 독일어 원서를 쳐다본다. 기타리스트가 꿈이었던 그가 떠오를 때마다 사 모은 책들은 이제 책장 한 면을 빽빽이 채우고 있다.

로이 부케넌을 처음 그녀에게 건네준 남자. 흑맥주와 독일에 대해 가르쳐준 그를 그녀는 문득문득 기억해낸다. 스무 살 꽃다운 나이의 그녀가 있고, 크게 얼굴을 찡그리며 웃는 시인을 닮은 그가 있다.

추문으로 남은 첫사랑 그 자리, 세월이 흰 눈꽃처럼 떨어져 있는 걸 본다.

그녀는 한쪽 벽에 세워두었던 기타를 들고 와 가슴에 안는다. 그리움이 가슴에 푸른 잉크처럼 빠르게 번져간다. 몇 년 전부터 배워왔던 기타는 그녀의 분신처럼 친숙하고 소중하다. 디리링, 기타 현을 손가락으로 훑어 내린다. 느슨하게 조여 있던 현을 팽팽하게 조율한다. 이제 그녀는 자신의 삶도 이렇게 조율할 수 있을까, 생각한다. 그녀는 가장 많이 들었고 연습했던 곡을 연주하기 시작한다. 그녀의 기타 음과 로이 부케넌의 연주가 뒤섞여 울림을 자아낸다. 그녀는 노래하듯 작게 중얼거린다. 메시아가 언제고 반드시 올 거예요.

소설 속의 여름

너에게 편지를 쓰고 싶어. 그리고 언젠가 시월에 갔던 양수리의 산내들 마을에 들러 가문비나무에 떠 있던 촘촘한 불빛과 밤새 우리 곁을 지켰던 활활 타던 모닥불에 내 노래를 던지고 싶어. 너는 내 우울한 음색이 좋다고 했지. 노래를 부르며 플라멩코 춤을 추고 싶었어. 집시의 춤. 언제든 떠날 수 있는 자유. 끊임없이 떠나야 하는 정착을 거부당한 집시의 춤을 추고 싶었어. 그 보랏빛 향수에 노래와 춤을 던지고 싶어. 손에서 흔들리는 탬버린의 울림과 빙글빙글 날아갈 듯 춤추는 내 곁에 별빛들이 내려앉아 주위를 빛내며 휙 휘파람을 불어대고 말이야. 그때는 바람도 내 춤을 껴안고 감미로운 애무를 해 댈 거야.

강 쪽에 펼쳐진 산이 일어나는 모습을 기억하지? 새벽 동이 트면서 검게 누워 있던 강이 모습을 드러내면서 산이 일어났 잖아. 그 거대한 음영의 화음. 강을 따라 기지개를 켜던 산들 이 소리 없는 아우성을 쳐댔어. 무작정 우린 떠났지. 나는 아 스팔트에 짙게 깔린 어둠을 걷으며 달리는 차 안에서 불안했 어. 그건 집에 전화하지 않았다거나 외박을 해야 하므로 느끼 는 불안과는 다른 거였어. 먼 곳으로 가서 다시는 돌아올 수 없을지도 모른다는 생각. 그랬어. 하지만 서울을 빠져나오면 서 달라졌어. 고속도로 휴게실이 불 꺼진 채 어둠에 묻혀 있고 펼쳐진 파라솔 의자에 우리 일행이 앉아 얼굴을 마주했을 때 갑자기 사는 게 신기하고 고맙더라. 진짜야, 내가 살아 있다는 게 너무 소중했어.

산내들 마을 말이야. 나는 숙박을 겸한 대형 식당인 줄만 알 았어. 뒤편의 강을 상상도 못했거든. 어떻게 그런 세상이 펼쳐 질 수 있는 거니. 건물 뒤쪽에 강이 길게 누워 있고 바로 위에 크리스마스트리 같은 작은 불빛이 떠 있는 커다란 나무와 그 아래 오도카니 놓여 있는 돗자리가 깔린 평상. 아, 그 곁에 크 고 작은 돌들로 둥글게 만들어놓은 모닥불까지 있었잖아. 넓 게 펼쳐진 천국에 우리뿐이었어. 음악은 또 어떻고, 조지 윈스 턴의 잔잔한 피아노 음이 모든 것을 둥글게 안고 흐르고 있었잖니. 너무 좋더라. 고운 빛을 간직한 모닥불이 우리가 나무를 더하자 타닥타닥하며 몸을 뒤척였지.

우리 일행은 네 사람이었잖아. 연인 사이인 민주 언니와 현태 형 그리고 친구인 너와 나. 근데 나는 우리 관계가 좋았어. 사랑은 말이야, 연꽃이 피어 있는 늪 같다는 생각을 하거든. 그 속에 빠지면 도저히 걸어 나올 수 없는 늪 말이야. 허우적 거릴수록 더욱 깊이 몸과 영혼을 빼앗기고 끝내는 즉사해 버리는 그런 처절함 말이야. 그런 게 없어서 네가 참 편하더라. 그리고 넌 바보처럼 착하잖아. 나는 착한 사람 앞에서는 쉽게 항복해버려. 닫혀 있던 마음도 착한 이의 바보스러움을 만나면 열려 버리거든. 모든 것을 막 헤프게 퍼주고 싶은 사랑을 시작한 여자처럼 말이야.

그날 내가 그랬어. 평상 위에 앉아 현태 형은 된장찌개에 밥을 먹고 민주 언니 그리고 너와 내가 맥주를 마시고 있을 때 우리 옆으론 모닥불이 별을 가득 품은 채 피아노 음을 삼키고 있었잖아. 그 평화스러움과 따스함에 가슴이 미어지더라. 가문비나무에 가득 걸려 있는 작은 불빛들이 우리 머리 위로 막 쏟아져 버릴 것 같기도 하고 행복한 꿈을 꾸고 있는 거라는 생각이 들면서 이대로 죽어도 좋겠다는 생각이 들었어.

너, 몰랐지. 내가 그런 대책 없는 생각들을 주섬주섬 술처럼 들이켜고 있는지 말이야. 바람도 있었어. 새벽 강바람이 제법 차더라. 몸을 움츠린 채 추워하니까 너는 입고 있던 잠바를 건넸잖아. 네 잠바 걸치며 지난여름 이야기를 하고 싶었어. 나는 말이야. 여름이라는 계절이 독처럼 느껴져. 정작 좋은 건 가을 인데도 여름, 하면 코끝이 찡해지면서 지독한 슬픔이 가슴에 들어차 나를 거세게 흔들어 버려. 저리 가지 못해, 어서 가버려. 여름이라는 계절에 눈을 부라리고 호통도 치지만 그럴수록 나를 조롱하며 서성이고 있는 것 같아서 못 견디게 외로워져. 자유로워지고 싶어. 여름에 조문하고 싶어. 나, 오늘 너한테 내 얘길 할게. 너를 사랑하지 않기 때문에 할 수 있는지도 몰라. 너도 나를 사랑하지 않길, 그러길 바라. 사랑하는 순간부터 늪 속에서 허우적대다가 결국은 절망하게 될 거야. 사랑은 원래 그런 거야.

나는 겁쟁이에 비겁한 인간이야. 너, 살아가면서 비겁하다는 감정처럼 치사한 감정이 또 있는지 알아? 아마 없을 거야. 정신이 아프다는 거 알지? 감기나 몸살에 걸린 것처럼 정신도 으슬으슬 춥고 아프다가 결국은 분열되기도 하잖아. 내 오빠가 그렇게 몹시 아팠어. 모든 것에 징후가 있는 것처럼 그때도 그랬어. 나, 사실 아버지가 없거든. 그래서 가슴 한쪽이 텅 빈 것처럼 불안정할 때가 많아. 내 안의 이 상실감은 어쩔 수가 없어. 어떤 것으로도 채워지지 않아. 그건 내 삶의 아물지 않은 상처 같은 거야.

장남인 오빠는 나보다 더 아팠나 봐. 내색하지 못하고 안으로 삭이기만 하다가 결국은 그렇게 폭발한 것 같아. 회사에 다녀온 날 붙들고 엄마가 말했어. 장마철의 눅눅함 속에서 멍하니 빨간 옷을 입은 곰 인형을 바라보던 오빠가 이상한 말을 하더래. 물고기들이 위험하다고, 모든 고기가 하수구 속으로 떠내려가고 있다면서 갑자기 마당으로 신발도 신지 않은 채 뛰쳐나가더래. 놀란 엄마가 뒤따라갔을 때 오빠가 하수구를 들여다보며 무어라 중얼거리고 있었대. 그런 오빠를 보고 엄마는 그대로 마당에 주저앉아 버렸고 빗속에서 한참 있었다고 했어.

엄마의 음성은 어린 나를 무릎에 눕히고 옛날이야기를 해주듯이 부드러웠어. 그래서 나는 엄마가 무슨 소설 이야기를 하는 줄 알았어. 엄마는 내가 모든 걸 정면으로 바라보길 바랐어. 엄마는 아버지 없는 딸애가 강인하게 크길 원했지. 나는 철이 들면서 엄마를 더욱 사랑했어. 그 힘겨운 애정을 이해하기로 했어. 내 엄마는 그런 사람이야. 아픔에 고개 돌려 딴전 피우지 않고 모든 걸 그대로 받아들이지. 가슴이 까맣게 타버려 숯검정이 될지라도 말이야.

다음 날 나는 회사에 가지 않고 집에 남아 있었어. 남동생은 학교에 가고 나는 방문을 열어놓은 채 오빠의 행동 하나하나를 주시했어. 엄마는 거실에서 콩나물을 다듬고 있었지. 오빠는 온종일 먹지도 자지도 않았어. 멍하니 앉아 한 곳을 뚫어지게 바라보다가 책장 문을 열고 빨간색 양장본의 소설책들을 전부 끄집어냈어. 나는 두려웠지. 빨간색 옷을 입은 곰 인형과 책들, 그리고 옷걸이에 걸려 있던 빨간 체크무늬 반바지를 거실에 주욱 펴놓고 한참을 바라보고 있었어. 그런 오빠를 보며 어찌해야 하나, 나는 입술을 자꾸만 깨물었지. 붉게 피멍이 들 정도로 말이야. 그런 모습을 담담히 바라보던 엄마는 콩나물을 다듬던 것을 멈추고 식탁에 밥을 차리기 시작했어. 국을 새로 데우고 갈치를 굽고 말이야.

어서 밥 먹어, 거실 바닥에 앉아 있는 오빠를 일으키며 엄마는 화내듯 말했어. 엄마를 올려다보는 오빠 눈에 초점이 없더구나. 아무 반항 없이 식탁에 앉아 있던 오빠가 벌떡 일어나 냉장고 문을 열었어. 그러고는 빨간색 플라스틱 용기들을 꺼내기 시작했어. 찬장을 열고서도 그릇들을 꺼내 싱크대 위에 늘어놓은 후 가만히 서 있더니 방으로 들어가 버렸어. 엄마가 그것들을 제자리에 집어넣었지. 아무 말도 없이 말이야. 방에 들어간 오빠는 어찌하고 있을까, 궁금했지만 나는 선뜻 방문을 열 수가 없었어.

지루하고 끈적끈적한 하루가 지나고 있었어. 아홉 시가 넘어 우리 가족은 텔레비전을 보고 있었지. 그때 오빠 방에서 중얼거리는 소리가 들려왔어. 방으로 들어서니 오빠는 두 손을 벌벌 떨며 방 안을 천천히 돌고 있었어. 같은 보폭으로 그 어느 곳도 쳐다보지 않는 눈을 하고 말이야. 얼굴이 유난히 하얗더구나. 블랙홀 위험해, 도망가야 해. 오빠는 낮게 속삭이듯 말하다 소리를 질렀어. 뛰어, 도망가야 해. 그러고는 제자리에서 뛰기 시작했지. 나는 흐르는 눈물을 닦지 않은 채 말했어. 제발 이러지 마, 우리 보고 어쩌라고 이러는 거야, 응, 엄마 불쌍하지도 않아, 오빠 제발…… 내 말에 오빠는 우뚝 멈춰 섰어. 그러고는 바닥에 털썩 주저앉아 으흐흐 울음을 아프게 토해냈어. 오빠를 침대에 눕힌 후 방 안을 나오며 엄마가 힘들게 말했어. 내일 병원에 가야겠다, 불쌍한 놈.

열한 시 정도였어. 나는 불 켜지 않은 방에 누워 있었지. 책

을 본다거나 음악을 듣는다는 게 무의미하게 생각됐어. 글이
눈에 들어오지 않았지. 어둠 속에 누워 거실에서 들리는 텔레
비전 소리를 듣고 있었어. 불을 켤까도 생각했지만 귀찮은 생
각이 들어 포기해 버렸어. 창문에 깔린 가로등 빛과 방문 틈
을 비집고 들어오는 바늘 같은 가는 불빛만이 방 안을 맴돌았
어. 아무 생각도 하지 말자. 깜박 잠이 들었나 봐. 거실에서 들
리는 소리에 잠이 깼어. 오빠의 울부짖는 소리와 엄마, 동생의
소리가 들려왔어.

초코파이 좋았어. 정이 담긴 거잖아. 싫어, 하지 마. 모두 웃
고 있지. 아무도 찾지 않아. 내버려 둬.

발악 같은 목소리가 연이어 들렸어.

블랙홀, 블랙홀, 블랙홀. 끝이 안 보여. 더 이상 찾지 마. 도
망갈 거야.

블랙홀을 되풀이 외쳐대는 말끝에 엄마가 오빠 팔을 잡았
나 봐. 놔, 이거 놔. 철썩, 소리가 났어.

정신 차려, 이 자식, 아비 없는 집안 장남이 쉬운 줄 알아. 어
디서 어리광이야.

화를 내는 목소리가 떨리고 있었어. 엄마도 떠는구나, 나는
이불을 뒤집어썼지. 어둠이 편안하게 나를 감쌌어. 제발 방문

을 열지 않길, 저 속에 끌어들이지 않길. 나는 귀를 막고 고개를 가로저었어. 침묵이 흐른다고 믿고 싶었지. 모두가 잠든 거라고. 머리가 묵직하게 아팠어. 이불을 젖히고 나가야 한다고 생각했지만 몸을 일으킬 수 없었어. 무언가 떨어지는 소리와 함께 동생의 외침이 들렸어.

형, 미쳤어, 엄마를 때리고. 닥치는 대로 오빠는 던지고 때리고 있었어. 그러면서 그러더구나. 하경은 어딨어, 어디 간 거야, 날 사랑한다고 해놓고, 어딨어. 나를 찾고 있었어. 그때 오빠 손을 잡았어야 했어. 뺨을 맞더라도, 나를 향해 어떤 욕을 하더라도 나가야 했어. 근데 무섭더라. 제정신이 아니라고 생각하니까 너무 무서웠어. 모든 걸 견디고 있는 엄마와 동생에게 미안했지만 거실로 나가지 않았어. 왜 그리 비겁했는지, 다시는 가족들 앞에 서지 못할 거라는 생각을 하며 누워 있었어. 그때의 고독감. 넌 모를 거야. 철저히 혼자 버려진 듯한 외로움과 고립. 나는 아픈 오빠를 온전하게 껴안지 못했어. 이제나 자신을 믿지 않아. 어느 순간 얼마든지 등 돌릴 수 있는 게 나란 사실을 알아 버렸거든.

결국, 오빠는 병원으로 실려 갔어. 자정 넘어 사이렌이 울렸지. 반항하지 않고 순순히 대문을 나서며 오빠가 뒤돌아봤어.

나와 눈이 마주쳤지만 고갤 그냥 돌려 버리더구나. 모두가 병원으로 가버린 후 나는 대문과 현관문을 잠그고 모든 전등을 켰어. 주방, 심지어 화장실까지 불 밝히고 내 방으로 들어와 오디오 스위치를 눌렀어. 기타 음을 들으며 나는 오래 울었어. 원래 눈물이 많기도 했지만 그 밤엔 꼭 울어야 했어. 그건 거짓이 아니야. 나를 이해할 수 있겠니.

그 새벽 산내들에서 민주 언니가 노래를 시작했어. 양희은의 사랑 그 쓸쓸함에 대하여란 노래였지. 누구나 사는 동안에 한 번 잊지 못할 사람을 만나고 잊지 못할 이별을 하지. 도무지 알 수 없는 한 가지. 사람을 사랑한다는 그 일. 참 쓸쓸한 일인 것 같아. 왜 그리 청승맞게 노래를 하는지 말이야. 가슴이 탁하니 막혀 오면서 눈물이 흘러나오더구나. 울지 않으려 했는데 나는 또 울고 말았어. 맥주잔을 자꾸만 드는 나를 민주 언니가 보고 있었나 봐. 옆모습을 서로 보이고 있었는데도 말이야. 노래를 끝낸 언니가 대뜸 그러잖아. 너, 사연 있지. 너도 한마디 거들었지. 쟤 사연 많아요. 후, 피식 웃고 말았지만 마음은 쓸쓸했어. 그리고는 사랑 얘기 좀 해보라고 내게 그랬지. 나는 고개를 돌리고 말았지만 말이야.

사랑을 했어. 별처럼 빛나고 바다처럼 깊고 아늑한 때로는 거대한 해일이 되어 나를 휘몰아 끝내는 좌초하게 만든 그런 사랑을. 아니, 아니야. 그런 사랑을 하고 싶었어. 정말은 그런 사랑을 꿈꾸고만 있었어. 나는 아무것도 아닌 사랑을 했던 것 같아.

사랑을 하지 않나 봐요. 눈빛이 투명하고 맑으니 말이에요. 두 번째 만난 자리에서 그가 내게 한 말이야. 네? 나는 물었지. 술잔을 들며 그가 그러더구나. 사랑하면 사람이 어두워져요. 슬픔도 많아지고요. 그렇게 말하는 그의 눈빛이 너무 어두워 보여서 생각했지. 저이는 지금 사랑을 하고 있구나. 마지막 잔을 건배하면서 나에게 부탁이 있다고 했어. 나는 웃으며 물었어. 뭔데요? 키스하고 싶어요. 우리 키스합시다. 아무 말 없이 나는 잔을 입으로 가져가 단번에 들이켰어.

어찌 했느냐고? 그날 나는 그와 키스했어. 감미롭더라. 그의 혀가 내 혀를 감고 도는데 내 발끝이 땅을 딛고 비상하며 날고 있더라. 미안해. 네가 키스하려고 할 때 얼굴을 떠밀고 난리 친 거. 너무 세게 밀치는 바람에 네 안경이 풀밭에 떨어졌잖아. 어두워 보이진 않았지만 너는 아마 무안함으로 얼굴이 새빨개졌을 거야. 그 남자는 키스를 한 다음 그랬어. 넌 최고의 입술이야. 이 남자, 상습적인 거 아냐. 키스할 때마다 이러는 거 아냐. 나는 또 못된 생각을 하고 있었어. 네가 그랬잖아. 사람의 진심을 그대로 받아들이지 못하는 건 병이라고. 그건 그 순간의 진실일 텐데 말이야. 그렇게 시작했던 것 같아. 처음부터 어딘가 부족한 느낌. 하지만 그가 사랑하고 있던 사람이 나라는 걸 알고 운명이구나 생각했지. 사랑을 할 수 있을 것 같았어. 그 무엇도 겁나지 않는, 죽는다 해도 후회하지 않을 사랑을 말이야.

연인들은 어디에서 키스하는 것일까. 여고 시절 문학 작품 속 키스 장면을 읽으며 나는 혀와 혀가 얽히는 그 행위를 이해하지 못했어. 여자들은 곱게 화장을 하며 애인을 만날 때 립스틱을 바를 텐데 키스를 하는 순간에는 어찌해야 하는 거지. 잠깐만, 하고는 휴지로 립스틱을 지워야 하는 건가. 그럼 분위기가 깨질 텐데. 그런 생각을 하던 열여덟 살이 있었어. 애인이 생기고 골목길 벽에 기대어 서로의 입술을, 가슴을 나누면서 큰길 사이에 난 작은 골목길을 헤매 다니던 일은 또 하나의 추억이 되어버렸지. 늦은 밤, 골목 곳곳에 숨어 입술을 나누며 포옹을 하는 이들을 볼 때면 나는 가슴이 아파.

그와 사랑하게 되면서 입술을 나눌 때였어. 카페에서 나와 접어든 골목엔 한옥 대문이 닫혀 있었고 작은 창에는 불이 환했지. 골목을 반쯤 걸어 들어온 그가 내 어깨를 잡았어. 입맞춤하는 그의 얼굴이 따뜻했어. 나는 발돋움해 그의 목을 끌어안으며 하늘을 올려다봤어. 별이 제 몸을 고스란히 드러내며 포옹하는 우리를 내려다보고 있었지. 하늘을 올려다보던 나는 그를 바라보았어. 그리고 그의 내려와 있는 왼쪽 팔을 보았어. 그는 오른쪽 팔로 나를 안으며 왼쪽 팔로는 가방을 그대로 든 채였지. 가방을 내려놓고 있지 않았어. 나는 낮은 한숨 소리를 내며 그에게 그만 가, 속삭였어. 그는 내 얼굴을 한 번 내려다보고 가볍게 입 맞췄어. 골목을 걸어 나오는 우리의 그림자가 마주 걸어오는 이의 그림자에 걸려 잠깐 비틀, 거렸지.

너에게 막상 지난 이야길 하려고 하니 쑥스럽다. 남의 사랑, 듣는 사람은 지루하고 재미없잖아. 사실 너에게 털어놓을 근사한 이야기도 없어. 예전의 그 남자가 죽어버렸거나 병이 걸렸더라면 극적이고 좋았을 텐데 그러지도 않고 말이야. 푸, 그래 그 얘길 해줄게.

그 남자와 이별한 후 술 마시고 늦은 귀가를 할 때였어. 집 앞 도로 옆에 과일을 쌓아놓고 파는 트럭이 있거든. 주인 남자는 항상 얼굴이 벌겋게 달아오른 채 취해 있어. 아마 취한 채 장사를 하기 때문에 항상 손해를 볼 거야. 과일을 덤으로 더

주곤 하거든. 그러면서도 자정 넘어서까지 장사를 해. 나는 택시에서 내려 천천히 걸으며 과일 트럭을 지나치려고 했어. 그날따라 좌판에 딸기가 유난히 많이 남아 있더구나. 비틀거리며 걸어갔어. 트럭에 줄을 매달아 켜놓은 알전구가 다정하게 머리를 맞대며 과일을 내려다보고 있었지.

따알기 좀 주세요.

혀가 제대로 돌아가지 않았어.

술 했나 보네요. 보기 좋아요.

눈까지 빨간 사내가 말했어.

네에 한잔했어요. 흐, 이별했거든요.

왠지 흥이 나더라. 사내와 얘기가 될 것처럼 말이야.

자알 하셨어요.

사내의 혀도 꼬부라져 있었어.

뭘 잘했다는 거지. 술 마신 게, 아님 이별한 게. 사내가 검은 비닐봉지에 덤벅덤벅 딸기를 집어넣기 시작했어. 나는 술 취한 사내가 내민 봉투를 들고 걷기 시작했지. 그런데 비닐 속에서 빠져나올 듯 위태하던 딸기가 내 걸음에 못 이겨 바닥에 떨어졌지 뭐니. 바닥에 주저앉아 떨어진 딸기를 집어 입안에 밀어 넣었어. 아무 맛도 나지 않는 딸기를 길바닥에 앉아 먹었어. 꾸역꾸역 밀어 넣던 딸기가 입 밖으로 넘어오더라. 나는 비닐을 옆에 두고 토하기 시작했어. 노란 술과 함께 빨갛게 으깨어진 딸기가 바닥에 쏟아졌지. 벽을 짚고 일어서며 뒤를 돌아봤어. 저만치 과일 옆에 앉아 있던 사내가 나를 보고 있더라. 얼결에 나는 그쪽을 향해 손을 빠이빠이 흔들고 집을 향해 걸었어. 갑자기 내 모습이 우습더라. 대문 앞에서 한참을 웃었어. 사람들이 뛰어나올까 염려스러울 정도의 큰 소리로 말이야.

다음 날 출근하는 길에 그 사내를 봤어. 세워놓은 트럭 앞긴 의자에 군인용 모포를 덮고 잠들어 있었어. 가슴이 아팠지. 마치 내가 그렇게 잠을 자고 있는 것처럼. 왜 그 사내 얘길 하냐고? 그날 밤 내가 좀 힘들었거든. 이별 후엔 다 그렇잖니. 근데 매일 술 취해 있던 사내가 동지처럼 느껴졌어. 왜 그는 술을 마셔야 하는지, 그게 슬프더라고. 그만이 내 아픔을 알고 있는 겨 같기도 하고 말이야.

나는 말이야, 냉면을 보면 슬퍼져. 사랑하던 이의 아이를 가진 적이 있었어. 낳을 생각은 없었어. 나는 아이를 절대 낳지 않을 거야. 그런데 아이를 가졌다는 게 두려우면서도 아늑하고 행복하더라. 내 속에서 한 생명이 꿈틀댄다는 게 징그럽기도 했지만 신기했어. 내게 모든 걸 온전히 맡기고 있는 생명이 아이 말고 또 있을까 싶었지. 나는 내 의지대로 움직일 아이를 될 수 있는 한 오래 품고 싶었어. 내 몸의 변화를 알았을 때 이제 어찌해야 하나 고민했어. 그는 원하겠지만 그를 설득시킬 생각이었지. 아이가 생겼어, 그에게 말했지. 낳지 말자는 얘기를 하기도 전이었는데 그는 심각한 얼굴을 했어. 당황한 얼굴로 아무 말 없이 담배를 꺼내서 뻑뻑 피워댔지. 그랬구나. 그가 아이를 원하지 않았구나. 나는 마치 나 자신이 간절히 아이를 원하고 있었던 것처럼 실망과 분노를 느꼈어. 나는 커피 대신 물을 들이켜고 말했어. 우리 이별해. 갑작스러운 내 태도에 그는 담배를 재떨이에 비벼 끄며 힘들게 하지 마, 라고 말했어. 나는 자리에서 일어나 버렸지. 그가 내 팔을 잡으며 올려다봤어. 왜 그래? 낮게 묻더라. 나는 대답했지. 넌 키스할 때 가방을 들고 하잖아, 그래서 그래.

우린 그렇게 헤어졌어. 시장 어귀를 걷는데 음식점 간판이 보였지. 만수옥이었던가, 갑자기 맹렬한 허기를 느꼈어. 식당으로 들어가자마자 메뉴판도 보지 않고 물냉면요, 외쳤지. 냉면이 나오기까지 그 십여 분의 시간이 마치 십 년 세월처럼 길게 느껴지더라. 식초를 듬뿍 쳐 면을 입속에 넣는데 울컥 구역

질이 나면서 더 이상 들어가지 않는 거야. 몇 분 전까지 그렇게나 먹고 싶던 냉면이었는데 말이야. 잠시 앉아 있다가 계산을 하고 나와 버렸어. 주말 오후 햇살이 빤히 쳐다보면서 귀찮게 내 얼굴에 자꾸만 내려앉더라. 그 뒤에도 냉면이 먹고 싶어 식당에 들어갔다가 한 젓가락도 입에 대지 못하고 나와 버리곤 했어. 잠시 내게 왔던 아기는 냉면에 대한 기억을 남겼어. 지금도 냉면을 먹을 때면 엉킨 실 같았던 내 마음과 냉면을 끝내 먹지 못했던 내 안의 아기가 생각나.

그를 왜 등 떠밀어 보내야 했을까. 그와 살 수도 있었을 텐데 말이야. 그와 헤어질 운명이었던 게지, 아마도. 나는 그렇게 믿고 있어. 그러니까 원하지도 않던 아이가 생겼고 말이야. 사랑했는데 뭐가 문제였을까. 사랑이 깊지 않았다고 너는 말하고 싶겠지. 그런데 나는 그를 분명 사랑하고 있었어. 사실이야. 이별을 말한 나를 나도 이해할 수 없지만 그게 진실이고 최선이었어. 그 시절 나는 무척 절망적이었어. 오빠가 아팠던 여름이었거든. 그 계절 모든 게 제자리이지 못했어. 불안정이 자연스러운 날들이었지.

오빠는 한 달을 병원에 있었어. 서울 근교에 있는 정신병원에 입원했지. 처음 병원에 간 날 의사와 상담하면서 오빠가 그러더래. 한바탕 꿈을 꾼 것 같다고. 일주일에 두 번 엄마는 면회를 갔고 수시로 전화를 해서 간호사에게 오빠의 상태를 물었어. 하루에 네 번 독한 약을 먹고 잠만 잔다고 하더니 차츰 약도 줄이고 나아진다고 엄마는 나에게 전했어. 오빠가 떠나던 그날 밤 일을 입에 올리지 않았어.

나는 오빠가 입원해 있던 기간에 한 번 면회를 갔지. 면회를 가려고 하면 엄마가 말렸거든. 그러던 엄마가 동생과 나에게 병원에 가자고 했어. 오빠가 우릴 보고 싶어 한다고. 아침 일찍 일어나 김밥을 싸고 통닭을 준비해 분주하게 소풍 가듯 떠난 우리에게 의사는 말했어. 면회를 할 수 없다고. 아침에 네 시간 동안 독방에 갇혀 있어 흥분된 상태라고 말이야. 엄마는 보호자실 의자에 주저앉아 잠시 생각에 잠겨 있더니 의사를 찾아가 다시 매달렸어. 얼굴만이라도 보고 싶다고, 동생들이 꼭 보고 싶어 한다고. 옆에서 우리도 고갤 끄덕였지.

오빠의 눈동자가 흔들리고 있었어. 우린 철문을 열고 병실로 들어가 오빠를 만날 수 있었지. 오빠는 과장되게 손을 뻗으며 우릴 반겼어. 어서 집에 가고 싶다고, 이곳엔 온통 미친 사람뿐이라고, 이 속에 있으면 나도 미칠 거라고. 그 소릴 들으며 나는 무섭고 복잡해졌어. 행여나 퇴원이라도 시킬까 봐 돌아오는 차 안에서 엄마에게 말했지. 오빠는 꾸준한 약물치료와 병원 치료가 필요하다고. 또다시 악몽과 같던 그날 밤이 재현되는 걸 바라지 않았거든. 그런 일이 또 일어난다면 정말 도망가야 하지 않을까, 두려웠어.

내성적이고 속이 깊던 오빠는 아버지 없는 집안 큰아들 자리를 힘들어했어. 경제적으로 어려운 것도 아니었는데 자신이 가족들을 부양해야 한다는 생각이 떠나지 않았나 봐. 다니던 대학도 중퇴하고 돈을 벌어 오겠다는 쪽지를 남기고 집을 나갔어. 일 년여 세월 동안 소식 한 장 없던 오빠가 어깨에 커다란 가방과 기타를 둘러메고 대문을 들어섰지. 반가움과 야속함에 엄마는 오빠를 붙들고 울었어.

그날은 엄마의 생일이었어. 오빠는 가방에서 열 돈짜리 팔찌를 꺼내 엄마에게 건네주며 이것뿐이라고 눈물을 쏟더라. 어떻게 지냈는지 말하지 않는 오빠를 엄마는 걱정스러워 하면서도 몸 건강히 돌아온 것만을 다행으로 여겼지. 하지만 나중에 엄마는 그랬어. 나가서 못할 고생 다 하고 왔다고, 그러니 그렇게 아픈 거 아니냐고. 가지고 온 기타를 가끔 치는 걸 볼 수 있었어. 나가서 기타를 배웠구나. 맞아, 오빠가 음악을 하고 싶어 한 걸 나는 생각해냈지. 음악 하고 싶어, 평생 말이야. 그러던 오빠였는데 집으로 돌아온 후에는 가끔 기타 치는 것 외에는 음악을 전혀 듣지 않았어. 처음에는 이상했지만 대수롭지 않게 여겼어. 학교는 다니지 않겠다며 직장을 이리저리 알아보았지만 그리 쉽지 않았지. 면접을 보고 온 날은 자신의 방문을 걸어 잠그고 아무와도 만나려 하지 않았어. 오빠는 그때부터 먹지도 자지도 않고 있었던 거야.

집 떠나 있던 그 시절 오빠도 사랑을 했었나 봐. 그것도 아주 모질게 아픈 사랑이었던 듯해. 집에 들어온 지 사흘이 지났을까. 내 방문을 열고 오빠가 들어와서 그러더라. 차 한잔할까, 하경아. 나는 책상 앞에 앉아 있다가 벌떡 일어나 오빠를 따라나섰어. 돌아온 후 말도 제대로 하지 않던 오빠였거든. 피곤했지만 운동화 뒤축을 꺾어 신고 오빠를 따라나섰어. 그리고 지하에 있는 사계라는 찻집으로 들어섰지. 오빠는 커피를 시켰어. 같은 거로요, 내가 말했지. 그 집 커피는 알코올램프를 사용해서 끓이거든. 똑똑 떨어지는 커피를 바라만 보고 있던 오빠가 나직이 말했어. 사랑해 본 적 있니? 라고.

마치 너 죽을 것 같니, 라는 물음처럼 갑작스럽고 아팠기 때문에 나는 조용히 입을 비틀고 웃었어. 지금 끓이고 있는 뜨거운 커피를 빨리 마시고 싶다는 마음과 귓가에 우울하게 번지는 음악이 가슴에 파도를 만들며 달려들고 있었어. 나와 같았던 걸까. 찻잔을 들던 오빠가 한숨을 쉬며 안주머니에서 편지지를 꺼내 건네더라. 나는 오빠가 내민 편지지를 받아 들고 읽으려고 했어. 편지지를 펼쳐 읽으려 할 때 갑자기 오빠가 편지지를 빼앗아갔어. 그리고 자리에서 일어나 입구 쪽으로 가더라. 나는 오빠를 부르지도 못하고 가만히 보고만 있다가 커피를 들이켰어. 미지근해져 버린 커피를 다 마실 때쯤 오빠가 자리로 돌아왔어. 울어서일까. 눈가가 빨갛게 부어 있더라. 그리고 식은 커피잔을 들며 내게 말했어. 여자가 있었어.

오빠는 누군가에게 자신의 사랑을 이야기하고 싶었던 거야. 사랑을 이루지 못해 더욱 아팠던 걸까. 삶에 있어 사랑은 왜 상처투성인 걸까.

병원에서 한 달 만에 집으로 돌아온 오빠는 건강해 보였어. 의사가 퇴원을 권유했다고 엄마는 말했어. 집에서도 약물치료는 해야 한다며 약을 꼭 챙겨주는 엄마를 보고 안심했지. 오빠는 이 주 동안 잠만 잤어. 약 기운에 잠이 쏟아진다며 약을 끊겠다고 해 엄마와 싸우기도 했지. 아니야, 싸우는 게 아니었어. 어떤 의욕도 의지도 없어 보였거든. 나약해 보였어. 일도 하려고 하지 않았어. 손가락 하나 까딱할 힘도 없는 듯 항상

처져 있었어. 처음 아플 때를 생각하면 이 상태도 감사하다 생각하면서도 마음이라는 게 간사하더라. 답답하게 느껴졌거든. 가슴이 탁 막힌 듯 괴로웠어.

엄마는 레코드가게를 차렸어. 일자리를 얻을 수 없으니 스스로 만들어야 한다고 생각한 거지. 레코드가게를 보는 오빠는 서서히 안정을 되찾았어. 한 달에 한 번씩 병원에 가 약을 타오고 열심히 먹었어. 모든 것에 질서가 잡혀갔지. 오빠가 레코드가게에서 일한 지 일 년이 넘었어. 이젠 혼자서 모든 걸 해결한다고 엄마는 말하곤 해. 그리고 덧붙여 말했어. 지난여름 병원에서 퇴원할 때 의사가 만류했다고. 아직 더 있어야 한다는 걸 집에서 치료하겠다고 우기듯이 한 퇴원이라고. 엄마는 그 속에 오빠를 더 두고 싶지 않았다고 했어. 그러면 정말 오빠가 미쳐 버릴 것 같았다고 말하는 엄마가 속으로 울고 있는 거라고 나는 생각했어.

내게 반지가 있었어. 생일날 사랑하던 이에게 받은 거였지. 18k 금반지에 큐빅이 왕관 모양으로 박힌 작고 아름다운 반지였어. 그와 나를 연결해주는. 어찌 보면 아무것도 아닌 쇠붙이에 불과한 거였지만 그 시절 내 마음을 지켜주었던 유일한 거였지.

그 반지, 이별하는 날 그에게 돌려주지 못했어. 사실 나는 이별했다고 해서 주고받았던 편지라든지 그런 것들을 돌려 줘야 한다고는 생각하지 않았지. 그건 이미 상대에게 주어버린 것들이잖아. 그건 이별한 자가 처리할 몫이 아닐까. 아마 반지도 그랬던 것 같아. 그래서 그에게 주지 않고 가지고 있었던 것 같아. 아니면 마음 한구석에 그에 대한 미련이라도 남아 있었던 게지. 그와의 끈을 쉽사리 놓아버리지 않았던 것이 아닐까.

헤어지고 그에게 전화가 왔었어. 언제 헤어졌냐는 듯 아무렇지도 않게 전화를 해 집 앞이니 나오라고 하더라. 나올 때까지 돌아가지 않겠다고 말이야. 그 말 때문이었어. 나는 그를 만나 돌려보내야 했어. 골목을 빠져나오니 불이 환하게 켜져 있는 제과점 앞에 그가 서 있었어. 술을 마시고 나를 찾아온 것 같더라. 하경아, 그러지 마. 그가 내게 손을 내밀었어. 그러지 말라고, 마치 잘못한 사람이 용서를 구하듯 애처롭게 내게 말하고 있었어. 이 사람 왜 이리 힘들어하는 거지. 내가 뭔데 나라는 여자가 도대체 뭔데 이 아름다운 사람을 힘들게 하는 거지. 그래, 그는 아직 내게 아름다운 사람이었어. 언제까지나 내가 그를 기억하는 한 그 모습 그대로일 거야. 그의 손을 잡고 싶었어. 그의 손을 잡고 가슴에 안겨 숨소리를 느끼고 싶었지. 마음속을 들키지 않기 위해 고개를 가로저었어.

난 이런 거 싫어. 그러면서 아직 손에 끼고 있던 반지를 빼서 그에게 건넸어. 왼쪽 약손가락에 끼워져 있던 반지가 소리 없이 가볍게 빠지더구나. 내가 기습적으로 내민 반지를 그는 내려다보고만 있더라. 아무 말 없이 무슨 말인가를 찾는 사람처럼 어색하고 허탈하게 말이야. 이제 막 문 닫기 시작한 상가의 셔터 내리는 소리가 요란하게 들렸어. 제과점 불빛은 너무 환해서 우리 모습을 마치 비웃고 있는 듯이 느껴졌어.

한참 움직이지 않던 그가 서서히 고개를 떨구더니 중얼거리듯 말했어. 기어이 이래야겠니. 그러고는 내 손을 내리치더구나. 그 바람에 손에 들려 있던 반지가 바닥에 떨어져 버렸지. 그가 떨어진 반지를 구둣발로 밟아 버리더구나. 마치 마음 한 조각이 떨어져 밟힌 듯해 나는 잠시 멍하게 서 있었어. 한때나마 영원한 사랑일 거라 믿게 해줬던 내 작은 마음의 보석을 어두운 밤거리에 놓쳐 버린 거야. 그가 손을 내리치고 화난 듯 내 양어깨를 잡고 흔들어 댔어. 두려웠어.

등을 돌리고 집을 향해 뛰었어. 뒤에서 하경아, 하경아 하고 나를 부르는 소리가 들려왔지. 철 대문을 쾅 소리 나게 닫고 방으로 뛰어들어와 나는 침대에 엎드렸어. 반 시간이 흘렀을까. 나는 침대에서 일어나 손전등을 들고 대문을 나섰지. 그러고는 이제 불 꺼져 어두워진 길바닥에 불을 밝히고 반지를 찾았어. 쉽게, 너무나 쉽게 반지를 찾았어. 반으로 접힌 채 찌그러져 동그란 형태를 잃어 이제 손가락에 끼울 수 없게 된 반지를 들고 방으로 들어와 나는 편지 봉투에 넣었어. 그리고 봉투를 내려다보고 있다가 휴지통에 집어넣어 버렸어. 눈을 감았지. 내게 아름답게 머물며 마음을 풍요롭게 감싸주었던 그것을 밤거리에 짓밟힌 채 놔둘 순 없었어. 눈물도 흐르지 않던 그 밤이 지금에서야 가슴 아프게 다가오니 어찌 된 일인지 모르겠어. 그게 다야. 시시하지. 미지근한 맹물처럼 아무 맛도 나지 않지.

그런데 말이야, 사랑을 끝냈다고, 오빠가 아팠다고 여름이라는 계절이 내게 무슨 상처를 안겨줬다는 게 아니야. 강렬한 녹음의 이미지들, 가을과 달리 외로움을 준비하지 못하고 맞이하는 계절이 턱 하니 안겨주는 파릇한 상실감, 찬란한 녹색의 향연 뒤의 그 단절감을 너는 아니?

산내들에서 민주 언니는 내내 취해 있었어. 하긴 그 밤에 취하지 않은 사람은 없었지. 술뿐만이 아니라 음악에 모닥불에

강물에 취해 있었어. 우리 모두가 말이야. 맨발로 강물에 들어
간 민주 언니가 나를 불렀지. 하경아, 따뜻해, 들어와 봐. 나는
웃기만 했어. 모닥불이 더 좋았거든. 너와 나는 평상에 앉아
있고 모닥불을 가운데 두고 파라솔 의자에 앉아 있던 민주 언
니 발이 현태 형의 맨발에 닿았어. 그 모습을 별을 품은 모닥
불이 붉은빛으로 수줍게 물들이고 있었지. 두 발이 엉키듯 닿
아 있는데 마치 정사 장면을 훔쳐본 듯 가슴이 뛰고 코끝이 찡
해오고 그랬어. 사랑의 여유로움과 편안함이 느껴졌어. 나는
저런 사랑을 해보지 못했구나. 왜 아름다움은 서러움을 동반
하는 걸까. 명치끝을 지그시 눌렀어.

　춤을 추고 싶었어. 바람에 흔들리는 넋처럼 자유로운, 영혼
을 강물에 버릴 수 있는 다시 태어나는 아늑하고 불꽃같은 춤
을 말이야. 양수리에 집을 짓겠다는 민주 언니와 현태 형의 소
망. 강의 어둠까지 껴안고 살겠다는 그들 곁에서 나는 노래를
했지. 우울한 내 음색이 밤하늘 별들을 깨운다고 너는 너스레
를 떨고 내 못다 춘 춤을 바람이 대신하고 있었어.

죽음을 건너는 애도의 시간

김양호(소설가)

1. 죽음, 그 쓸쓸한 허방다리

양영아의 『인디언들의 사생활』은 전체적으로 무겁고 깊은 소재를 다루고 있다. 이별과 고통, 회한과 절망, 연민과 후회 등이 작품의 안팎을 부침하고 있으며 삶을 바라보는 작가의 시선에는 근본적으로 어둡고 고통스러운 죽음에 대한 천착이 진액처럼 끈끈하게 묻어 있다. 얼핏 보아서는 죽음에 함몰되어 있는 것처럼 보이지만 죽음에 대한 연민을 뛰어넘어 죽은 자에 대한 아쉬움이 후광처럼 드리워져 있다. 그것은 또 다른 의미에서의 절절한 그리움이자 애도의 증표이기도 하다.

상재된 창작집에 실린 작품은 표제작을 비롯하여 모두 아홉 편의 단편이다. 이 작품들을 관통해서 흐르고 있는 것은 죽음이다.

「인디언들의 사생활」은 오빠의 죽음으로부터 시작된다. 오빠가 죽은 후 폭식증에 빠진 엄마까지 교통사고로 죽자 직장에 사표를 낸 화자는 연고가 없는 지방의 작은 읍으로 도피한다.

빌라에 세 든 그녀는 그곳에서 얼마 전 보았던 세계의 풍물 기행 다큐멘터리를 떠올린다. 아프리카 원주민이 죽은 혈족의 영혼을 위로하기 위해 자기의 손가락 마디를 돌칼로 자른다는 내용이다. 괴성을 지르며 돌칼로 자신의 손가락을 내려치는 장면을 보다 말고 갑자기 울기 시작하는 엄마를 생각하며 화자는 손가락을 자르지도, 울지도 못하는 자신에 대해 자책한다. 화자의 내면에는 강물에 빠진 오빠에 대한 애증과 연민이 양가치의 형태로 나타난다.

자신의 삶이 "지독하게 어긋나 버리기만 하는 것"도 그것 때문이라는 것이다. 오빠의 죽음을 가슴 아파하면서도 한편 그가 죽었으면 했던 생각은 죄를 짓는 것과 같으며 그런 자신은 뇌를 다 파 먹혀서 죽어도 괜찮다고 생각하기에 이른다. 「붉은 뼈」에서 랭보의 시를 빌려 자신의 뇌를 파먹는 구더기를 보여주는 것도 그 때문이다.

「기억의 집」에는 죽음의 그림자를 안고 사는 세 명의 여자가 나온다. 결혼을 약속했던 남자가 오토바이 사고로 죽자, 말문을 닫아버린 언니 희령과 엄마, 그리고 동생인 화자다. 그중 언니의 모습은 섬뜩한 양상으로 나타난다. 화자는 흰옷을 입고 죽은 남자 친구가 쓰던 헬멧을 들고 있는 언니 모습이 "잘린 머리를 들고 있는" 것처럼 느껴진다. 아버지는 비 오는 날 차 사고로 죽는다. 그 후 이사 온 집에서 엄마는 아버지의 스웨터를 풀어서 다시 짜는 행동을 반복한다. 헬멧을 들고 말문을 닫아버린 언니나 낡은 스웨터를 풀어 다시 짜는 엄마나 그런 모습을 안타깝게 응시하는 화자의 모습 모두 죽은 이의 부재를 감당해내려는 몸부림이며 죽음을 견뎌내는 또 다른 방법이다.

「이방인」은 문학 동호회에서 함께 습작을 하던 동호회 회장의 죽음에서 시작된다. 회원들과 문상을 가지만 화자는 온전한 슬픔을 느끼지 못해서 괴로워한다. 자신에게 손을 내밀어주던 따뜻한 한 사람의 죽음 앞에서 화자는 조문하는 시늉만으로 타인처럼 방관하고 관조할 뿐이다. 나아가서 틈입 간에 애인과 하는 정사는 처연하기까지 하다. 하지만 그곳에도 타인의 죽음에 대해 슬퍼하지 못하는 자신에 대한 자책이 숨어 있으며 화자를 따라 다니는 "삶 곁에 항상 물뱀처럼 기어 다니며 꿈틀대는 슬픔"의 예감이 존재한다.

「붉은 뼈」에는 술 취해 들어와서 자지러지게 웃다가 나중에는 울음을 터뜨리는 엄마가 등장한다. 조증과 울증이 번갈아 나타나는 밤이면 불면으로 서성이다가 물컹한 덩어리 같은 홍시를 먹기도 하고 화자를 깨워 탄산음료를 먹이기도 한다. 엄마가 술에 취해 나를 "금쪽같다"고 말할 때면 화자는 죽은 아버지에 대한 기억을 떠올린다.

이런 엄마의 행동은 결혼한 지 오 년 만에 남편이 죽자 할아버지의 명령대로 상여 뒤를 따르지 못했던 신산한 삶에서 기인한다. 하지만 화자는 엄마의 울음을 견뎌내기 어렵다.

엄마의 웃음은 항상 울음으로 마무리된다. 웃음은 울음을 끌어내고 여름은 비극이 일어날 가을로 이어진다. 왜 소중한 것들은 자기 곁에 오래 머무르지 못하고 금방 사라져 버리는 것일까? 화자의 내면에 자리한 깊은 상실감은 생채기로 남는다.

화자는 기차여행을 할 때도 역방향 자리에 앉는다. 남들이 어지럽다고 싫어하는 역방향에 앉는 이유는 그곳에서 바라보는 풍경이 더 오래 남아 있기 때문이다. 이런 화자의 행동에는 소멸되어가는 존재에 대한 아쉬움과 그리움이 자리하고 있다.

"죽은 자의 혼도 불러올 수 있는 주술성"이 있는 물고기 뼈

를 소중히 간직하는 화자의 행동 또한 같은 이유이며 「기억의
집」과 마찬가지로 죽음을 견디고 있다는 점에서 또 다른 애도
의 의식을 치르고 있다.

「창백한 기타」에서는 보다 더 완숙한 유기체적 존재로 자라
나기 위한 성장통을 보여준다. 상처 없는 영혼이란 존재할 수
없으며 상처받기 쉬운 영혼을 가진 죄가 있다 하더라도, 보다
품격 있는 성장을 위해서는 상처받는 걸 두려워해서는 안 된다
는 사실을 담백하게 형상화시켜 보여주는 데 성공하고 있다.

이처럼 다양한 삶과 죽음의 양상들을 보여주고 있는 작가의
첫 창작집은 인생에 대한 사유의 심도가 깊다는 사실을 입증한
다. 생자필멸의 관점에서 본다면 이런 천착은 삶에 대한 외경
이자 존중의 의미에 다름 아니다. 거시적인 측면에서 생각해보
면 죽음 그 자체도 삶의 일부라고 볼 수 있지 않겠는가?

2. 삶과 죽음의 이율배반성

양영아의 창작집에서 거짓말을 소재로 다룬 두 편의 작품
을 주목할 수 있다.

「존재의 첫 번째 거짓말」과「존재의 두 번째 거짓말」이다.

「존재의 첫 번째 거짓말」은 죽고 싶은 욕망을 드러내는 작품이다.

화자인 J는 초·중·고·대학 동창 Y에게서 온 자살예고 편지를 읽는다. Y는 만나던 남자가 자기 목에 검은 점이 있는 걸 보고 그런 여자는 자살한다는 애길 하고 나서부터 자살을 생각한다. 자신이 죽어야 한다는 것이며 그런 편지가 열 번쯤 계속된다.

Y의 엄마는 우울증을 앓고 병원에 입원해 있다. 화자는 Y와 함께 병원으로 문병을 가기도 하면서 고통스러운 삶을 살고 있는 Y에게 연민의 정을 느낀다. 하지만 Y는 끝내 자살하지 못한다. 이제 편지도 오지 않는다.

대신 소설의 말미에서 편지를 쓰기 시작하는 사람은 J다. 수신인은 누구인가? 자신이다.

편지를 쓰고 나서 화자는 거울을 본다. 목에 점이 선명하게 보인다. 그러면서 중얼거린다.

"목에 점이 있는 사람은 자살한다고 하더군요."

Y와 J는 동일인물이다. 자살예고 편지는 자신에게 보내는, 죽고 싶다는 욕망을 다짐하는 절차다. 하지만 이처럼 자살을

할 것이란 다짐에도 불구하고 자신이 죽지 못한다는 것을 스스로 알고 있다. 죽고 싶은 소망보다 살고 싶다는 소망이 부지불식간에 그곳에서 얼굴을 드러낸다.

겉으로는 죽고 싶다고 강조하지만 속으로는 살고 싶다고 외치고 있는 구성을 통해 작가가 말하고 싶은 것은 내면 심리의 이율배반성이다.

이런 이율배반성은 죽음과 함께 소설의 곳곳에서 산견된다. 「시칠리아노 춤곡」에서도 춤곡을 틀어놓고 다트판에 화살을 던지며 춤추는 언니의 모습을 통해 이런 심리를 드러내기도 한다. 연애에 실패한 후 울면서 화살을 던지고 춤추는 언니의 모습은 자기 자신의 모습에 다름 아니다.

음악은 술처럼 번지는 독이다. 독이 넘치면 죽기도 하지만 독을 먹고도 살아남아야 한다. 독을 마시는 것 같은 고통스러운 환경을 어떻게든 헤치고 살아남고야 말겠다는 생존본능이 이곳에서 드러난다. 정말 힘든 사람은 힘들다고 말하지 못한다. 고통스럽다고 말하는 자 고통스럽지 않고, 고독하다고 말하는 자 고독하지 않고, 죽고 싶다고 말하는 자 죽고 싶지 않다.

등단작인 「소설 속의 여름」에서도 그러한 작가의 의도는 묵시적으로 드러난다.

선배 언니 커플과 양수리로 놀러 간 화자는 진초록으로 우거진 여름이 사랑의 절정을 의미하는데 그런 사랑도 가을이 오면 시들어버린다는 것을 잘 알고 있다. 그래서 화자는 "찬란한 녹색의 향연"인 여름이 싫다고 생각한다. 화자는 양가치의 감정을 드러내는 걸 서슴지 않는다. 네가 나를 사랑해주기를 바라면서도 "나를 사랑하지 않게 되기를" 바란다. 하지만 내면은 그래도 나를 사랑해 달라, 고 외치는 이율배반성을 드러낸다.

「존재의 두 번째 거짓말」에서 작가의 시선은 자신의 내면을 벗어나 타인에게로 향하는데 오빠와 아빠의 죽음이 그것이다.

우울증을 앓던 오빠가 강물에 빠진 익사체로 발견된 후 고통스러워하던 화자는 홍콩으로 여행을 떠난다. 한국어를 가르치면서 친해진 중국 여학생 흔과 만나는 여행이다. 죽은 오빠에게서 벗어나기 위해 간 홍콩여행이지만 그곳에서도 〈중경삼림〉의 한 장면처럼 뒷골목에서 오빠의 환상을 본다. 순간적으로 주변 사람들에게 오빠가 외국에 나가 있다고 거짓말하는 엄마의 말대로 오빠가 그곳으로 도피한 게 아닌가 싶은 섬망에 빠지기도 한다.

자살한 배우 장국영의 집을 찾아가 보는 등, 홍콩까지 죽은 오빠를 업고 간 화자는 귀국하면서 아빠에게 줄 지갑을 선물로 산다. 하지만 며칠 뒤 아빠는 홍콩여행에서 사 온 지갑을 유품으로 남기고 강에 투신자살한다.

이 소설은 "가이사의 것은 가이사의 것으로, 죽은 자는 죽은 자로 하여금 묻게 하라"는 경구를 되새기게 한다.

3. 에로스와 타나토스, 그리고 통과제의

삶과 죽음에 대한 인간의 본능은 리비도를 통해 분출된다. 에로스는 살고자 하는 욕망이며 타나토스는 죽고자 하는 욕망이다. 에로스와 타나토스는 일견 정반대처럼 보이지만 실은 쌍두사처럼 한 몸에 달린 머리 두 개라고 할 수 있다. 그 둘은 동전의 양면처럼 야누스의 특성을 지닌다. 앞에서 보면 에로스지만 뒤에서 보면 타나토스다. 죽고 싶다는 욕망을 뒤집어보면 살고 싶다는 욕망이다.

인간의 신체구조 또한 들숨과 날숨을 반복하면서 숨쉬기를 해야만 살아갈 수 있다. 날숨은 죽고자 하는 욕망이며 들숨은 살고자 하는 욕망이다. 숨이 끊어지는 죽음의 순간 인간은 날

숨으로 생을 마감한다. 한 호흡마다 삶과 죽음을 반복하는 인간이란 존재는 태어난 순간부터 열심히 살아가면서 열심히 죽어간다. 죽고 싶다는 욕망은 살고 싶다는 욕망의 또 다른 이름이다. 그래서 갓 태어나서 우는 아이의 손바닥을 펴보면 그곳에 그 아이의 운명이 쓰여 있다는 아포리즘도 등장한다.

타나토스는 다시 세 얼굴을 지닌 노르트늘의 양상으로 나뉜다. 죽고 싶은 욕망과 죽이고 싶은 욕망, 그리고 죽임을 당하고 싶은 욕망이다. 「존재의 첫 번째 거짓말」에서 죽고 싶다고 끊임없이 자신에게 편지를 쓰고 있는 화자의 야누스적 욕망은 타인에게 시선을 돌리는 순간 세 방향으로 뻗어 나간다.

당사자들의 고통과 괴로움을 보는 것보다 차라리 내가 죽어버리자 하는 욕망, 고통스러워하는 당사자들을 내가 죽여버릴까 하는 욕망, 아니면 이것저것 보지 못하도록 나를 죽여주었으면 좋겠다는 욕망이 그것이다. 이 세 가지는 방향이 다르지만 실은 동일한 욕망, 즉 타나토스로 귀결되며 거슬러 오르면 에로스를 포함한 리비도로 귀속된다.

화자는 두 개의 거짓말을 통해 에로스와 타나토스로 빈출되는 리비도를 예민한 촉수로 감지하며 슬퍼한다. 에로스와 타나토스는 희화적으로 표현하자면 '살자'와 '자살'처럼 동일한 의미를 단어 배열만 바꾼 것에 지나지 않는다는 사실을 작가 자신도 알고 있다. 「존재의 첫 번째 거짓말」에서 "자살을 꿈꾸는 Y 또한 삶을 너무 사랑하고 있는지도 모른다"는 화자의 독백처럼 이러한 삶과 죽음의 이율배반성은 작품에 자주 등장한다. 거짓말이 정말을 아이러니하게 드러내 보이는 장치로 읽히는 것도 그런 이유다.

일견해서 작가의 화두는 죽음에 대한 천착, 나아가서는 삶에 대한 회피로서 죽음에 대한 동경처럼 보이기도 한다. 한 발더 들어가 생각해보면 죽음에 대한 화자의 생각은 결코 죽음에 대한 찬미가 아니다. 죽고 싶다는 기표 속에 숨겨진 기의는 그래도 살아야만 한다는 것이다.

작품의 의미는 기의를 읽어내는 데에 초점이 맞춰져야 한다. 전경을 통해 후경을 분석했을 때만 비로소 작품의 실체가 드러난다. 독자의 기대 지평을 충족시키기 위한 작품의 다양한 죽음의 양상을 제시하면서 화자가 감수해야 하는 몫이 진솔하게 제시되고 있다고 보인다. 나아가서 이러한 감정들은 자아방어기제의 일환으로 해석해볼 여지를 남긴다.

부언하자면 "죽음은 승복하는 자는 업고 가고 부정하는 자는 머리채 잡아끌고 가는 존재라서 그런 죽음을 두려워하는 건 죽음에 지나친 명예를 주는 것이"라고 말하는 작가의 마음 속에는 인간의 생명은 죽음이 잠시 빌려준 것이며, 삶은 죽음과 죽음 사이에 놓인 길고도 괴로운 터널이라는 의미가 숨어 있다. 그렇다고 그런 괴로운 삶을 회피하거나 부정하지 않고 어디까지나 헤쳐 나가려는 의지가 엿보인다. 그것은 휘몰아치는 북풍을 마주하면서도 눈길을 피하지 않고 정면으로 걸어 나가는 용기이자 새로운 삶을 개척해 나가려는 의지라고 볼 수 있다.

고통스럽고 암울한 현실의 피폐한 상황 속에서도 그것을 견디며 살아가야 한다는 욕망, 유기체적 존재로서의 자기 정체성 확인, 그런 바람이 이 창작집의 기저에 깔려 있다. 도저한 자존심과 생의 의지가 살아 숨 쉬고 있는 것이다. 삶의 의지가 전제되지 않은 모든 소망은 잿빛이다.

그런 내밀한 소망을 작가는 단아한 문장과 유려한 문체로 지면 위에 펼쳐내 보인다. 작가의 깔끔하고 감칠맛 있는 문장은 보다 심도 있고 고결한 삶을 살아가기 위한 또 하나의 통과 제의로서의 삶에 대한 고찰을, 더욱 예리하게 드러내주는데 일조하고 있다.

또한 양영아의 창작집 『인디언들의 사생활』에는 은연중 아무리 현실이 암울하고 희망이 없다고 해서 절망하라는 말은 아니라는 실존적 자각이 숨어 있다. 그것은 힘든 삶의 여정 속에서도 결코 놓치지 말아야 할 아리아드네의 실과 같은 희망의 끈이 언제나 남아 있다는 믿음을 보여준다. 그것은 죽음에 대한 인간의 예의이며 죽은 자에게 보내는 가장 진솔한 애도의 흔적이자 추모의 기념비다.

　가끔 나는 지금도 무엇이 되고 싶은가, 생각할 때가 있다. 나는 무엇을 하고 싶은가. 앞으로 어떻게 살 것인가, 하는 질문들은 아직도 나를 잠 못 들게 하며 설레게 한다. 그러다 작가가 되고 싶었던 어린 시절의 꿈이 둥실, 떠오른다. 잊고 지냈던 첫사랑을 떠올린 것처럼 아프고 환해진다.

　글을 쓰지 않고 바쁘게 살아갈 때도 모두 소설을 위한 것이라는 생각을 했다. 인생 공부가 소설 공부라는 말을 안고 살다 보니 삶의 자잘한 아픔과 굴곡들도 그런대로 견딜 만했다. 삶에 있어 행복과 불행은 반반이라는 말처럼 무섭고 위안이 되는 말도 없다. 호락호락하지 않은 삶, 나는 가끔 엄살도 부리고 떼도 쓰며 소설 속에서 그렇게 살고 싶다.

오래된 소설들을 꺼내 다시 읽어 보니 낡은 먼지가 풀풀 피어오르기도 하고 녹물이 나오기도 한다. 너무 늦었다는 생각이 들었고 소설 속 인물들에게 많이 미안하고 부끄러웠다.

오래 기다리게 해서 미안하고 고맙다.

내 곁에 머물며 나를 지켜준 감사한 이들을 기억한다.

우리들만의 암호, 대원들……. 내게 소설을 알게 해주시고 그 길을 가게 해주신 은사님, 긴 시간 지켜봐 주신 교수님, 만날수록 소중한 선생님들과 후배, 내 젊은 친구들.

그리고 이생의 가장 깊은 인연으로 만난 내 가족들을 기억한다.

2019년 10월
양영아

인디언들의 사생활

초판 1쇄 | 인쇄 2019년 10월 22일
초판 1쇄 | 발행 2019년 10월 30일

지은이 | 양영아
펴낸이 | 권영임
편 집 | 조희림
디자인 | 여현미

펴낸곳 | 도서출판 바람꽃
등 록 | 제25100-2017-000089(2017. 11. 23)
주 소 | (03387) 서울시 은평구 연서로22길 16-5, 501호(대조동, 명진하이빌)
전 화 | 010-7184-5890
팩 스 | 070-7314-6814
이메일 | greendeer@hanmail.net

ISBN   979-11-962706-9-8 03810

값 13,000원

이 도서의 국립중앙도서관 출판예정도서목록(CIP)은 서지정보유통지원시스템 홈페이지(http://seoji.nl.go.kr)와 국가자료공동목록시스템(http://www.nl.go.kr/kolisnet)에서 이용하실 수 있습니다.(CIP제어번호: CIP2019041890)